KB167094

바다로 간 깜이

뚜벅뚜벅 간 깜이

글 김문주 그림 김진영

호밀밭

1. 용왕의 우울증

깊은 바닷속 넓게 펼쳐진 산호 언덕에서 웅장한 소리가 울려 퍼졌다.

"부아아앙!"

물고기들은 몸을 멈칫하며 소리 나는 쪽으로 고개를 돌렸다. 산호들의 보호를 받으며 깊숙한 곳에 자리 잡은 용궁의 진주조개 탑 꼭대기에서 큰 고동이 뿔 나팔을 불고 있었다. 용궁에서 긴급하게 장관회의를 소집하는 신호였다.

머리에 번쩍이는 별 모자를 쓴 물고기들이 산호 언덕 아래로 속속 모여들었다. 내무부 장관인 문어가 자꾸 미끄러지는 모자를 한 손으로 붙들고 제일 먼저 달려왔다.

"장관님, 어서 오십시오."

용왕전 앞을 지키는 고등어 용궁 호위대장이 씩씩하게 인사를 했다. 문어 장관이 고등어에게 속삭였다.

"아니, 용궁에 무슨 일이 있는 건가? 갑자기 장관회의라니."

"저는 잘 모릅니다."

고등어가 공손하게 대답했다. 교육부 장관 가자미가 눈알이 쏠리

도록 달려오고, 외무부 장관 갈치가 미끄러져 들어오고, 문화부 장관 오징어는 급히 오다 다리가 꼬여버렸다.

"장관 회의가 도대체 얼마 만인지요? 잘 지내셨어요?"

"너무 오랜만이라 장관 모자를 못 찾아 한참을 허둥댔습니다."

장관들이 한마디씩 인사를 나누는 사이 명태 장관이 큰소리로 외쳤다.

"남해 용왕의 제98대손이요, 태평양의 뷰티풀 인어왕국 인어여왕의 제87대손이시인, 켁켁!"

오랜만에 외쳐보는 호령이라 명태 장관은 목소리가 갈라지고 기침이 났다.

"에, 87대손이신, 용왕께서 드십니다!"

열두 장관이 머리를 숙이자 용왕전 문이 스르륵 열렸다. 용왕전 앞을 가리고 있던 다시마들도 모두 몸을 숙였다.

검은 머리카락을 길게 늘어뜨리고 머리 위에는 금별 장식이 빛나는 높은 왕관을 쓴 인어가 긴 꼬리를 저으며 등장했다. 짙푸른 사파이어로 장식한 자리에 앉으며 용왕은 부드러운 목소리로 말했다.

"오랜만에 여러 장관님과 회의를 하게 되었군요. 다들 그동안 별일 없으셨나요?"

장관들은 모두 고개를 들고 여왕을 우러러보며 인사말을 한 마디씩 올렸다. 가장 나이가 많은 육지부 장관 가오리가 두 팔을 흔들며 말했다.

"저희는 모두 잘 지냈습니다. 그런데 용왕님의 얼굴빛이 밝지가 않습니다. 무슨 걱정이라도 있으십니까?"

용왕은 눈을 힘없이 깜빡이며 소리 없이 웃었다. 용왕을 가장 가까이서 모시는 비서실장인 거북이 앞으로 나오더니 회의를 소집한 이유를 설명하기 시작했다.

"여러 장관님들도 아시다시피 우리 용왕님은 남해 용왕의 유일한 혈통이시고 또한 남해바다의 마지막 인어이십니다. 그런데, 뜻밖에도 용왕님께서…."

거북 비서실장은 차마 말을 잇지 못하고 용왕을 돌아다봤다. 용왕이 옅은 미소를 지으며 고개를 끄덕였다. 거북은 한숨을 쉬더니 무겁게 말했다.

"용왕님께서 병이 드시고 말았습니다."

그 말에 내무부 장관 문어는 큰 머리를 감싸 쥐었고, 문화부 장관 오징어는 다리에 힘이 풀려 주저앉아버렸다. 육지부 장관 가오리와 교육부 장관 가자미도 놀라서 머리에 쓴 모자가 흘러내렸다.

"병명이 뭔가요?"

"반드시 방법이 있을 겁니다. 용왕님의 병을 못 고친다는 건 말이 안 됩니다."

장관들이 한마디씩 하자 거북이 다시 한숨을 내쉬었다.

"용왕님의 병명은…."

모든 장관이 거북의 입을 바라보았다. 큰 병이 아니길 바라는 안

타까운 표정들이었다.

"용왕님의 병명은 우울증입니다."

장관들의 입이 쩍 벌어지며 서로의 얼굴을 바라보았다.

'우울한 것도 병인가?'

'우리 같은 늙은 물고기들도 우울증을 모르고 살았는데, 어쩌다가 젊고 예쁜 용왕님께서….'

하는 눈빛을 빠르게 주고받았다. 장관들의 마음을 아는 듯 비서실장 거북이 말했다.

"다른 분도 아닌 용왕님께서 우울증이라니 의아하실 겁니다. 하지만 생각해보십시오. 문어 장관님!"

문어는 대머리에서 미끄러지는 장관 모자를 얼른 바로잡았다.

"만약 이 세상 물고기 중 문어가 장관님밖에 없다면 어떻겠습니까?"

"예? 그럴 리가!"

"오징어 장관님!"

신세대 장관이라는 소리를 듣는 오징어 장관이 흐느적거리던 다리를 바로 세웠다.

"만약 이 세상에 오징어가 하나도 안 남았다면 어떨까요?"

"오징어가 나 혼자? 생각도 할 수 없지요. 아마 살 수 없을 거예요."

그러자 거북 실장이 손바닥을 마주쳤다.

"그렇습니다. 그런데 용왕님은 이 세상에 혼자뿐입니다!"

장관들은 천천히 고개를 주억거렸다.

"남해의 용왕은 원래 용의 몸에 사람의 얼굴을 하고 있습니다. 또한 인어족은 하반신은 물고기의 형체이고 상체는 사람의 모습이지요. 그래서 용왕님은 물고기일 뿐만 아니라 절반은 사람입니다. 그런데 그런 종족은 이제 이 세상에 용왕님 한 분뿐이지요. 거기다가 용왕님의 어머니가 돌아가신 후 슬픔까지 겹쳐 우울증이 온 것이랍니다."

가오리 장관이 조심스럽게 말했다.

"일리가 있습니다. 용왕님께선 어머님이 병중에 있을 때도 지극정성이셨지요. 그런데 그것은 마음의 병인데 약이 있습니까?"

연설을 하듯 열정적으로 말하던 거북의 목소리가 가라앉았다.

"예, 약이 있기는 있습니다."

"그럼 뭐가 문제예요? 약을 구해 오면 되지요!"

장관들은 서로 약을 구해 오겠다며 진심 어린 목소리로 말했다.

"바다에서는 그 약을 구할 수 없으니 문제입니다!"

놀란 장관들은 서로 마주 보며 눈만 깜박거렸다. 문어 장관이 대머리를 만지며 조심스럽게 입을 열었다.

"서, 설마, 용왕의 고조할아버님이신 제94대 용왕처럼 토끼의 간이 필요한 건 아니겠지요?"

문어 장관은 거북 비서실장을 지그시 바라보았다. 거북 실장의 고조할아버지가 육지에 토끼를 잡으러 나갔다가 온갖 고생을 하고 육지에서 얻은 괴이한 병을 고치지 못해 일찍 죽고 말았던, 바로 그 별주부였다. 거북도 고조할아버지를 떠올렸는지 잠시 눈을 껌뻑거렸다.

"토끼면 차라리 제가 가서 잡아 오겠습니다. 그런데 토끼도 아니고…."

모두 숨도 제대로 못 쉬고 거북의 입만 바라보았다.

"병을 고치기 위해서는… 사람을 데리고 와야 합니다. 용왕님처럼 눈코입이 있고 목소리를 가지고 마음을 열고 대화할 수 있는 사람이 옆에 있어야 우울증이 치료될 수 있습니다."

거북의 말이 끝나자마자 다들 할 말을 잃고 눈을 내리깔았다. 한참 만에 침묵을 깬 것은 늙은 육지부 장관인 가오리였다. 가오리는 용궁의 역사학 박사이며 육지학과 고고학에도 밝은 학자였다.

"세상의 모든 생물은 제각기 태어난 곳에서 살아가게 되어 있지요. 그런데, 하필이면 사람이라니요! 사람은 육지에서만 살 수 있고 바다에서는 살 수 없습니다. 억지로 사람을 데려오는 건 사람을 죽이는 것인데, 이것은 있을 수 없는 일입니다!"

용왕의 속눈썹이 바르르 떨렸다. 입술 끝이 살짝 일그러지다가 온화한 표정을 지으며 말했다.

"옳은 말씀입니다. 내 고조할아버지께서 토끼의 간을 욕심낸 것 때문에 두고두고 사람들의 비판을 받고 있지요. 내 한 몸 살겠다고 사람의 목숨을 가로채는 그런 일은 저도 하고 싶지 않아요. 그러나!"

거북이 장관들 앞으로 한 걸음 더 나서며 목소리를 높였다.

"용왕님은 고대 용왕의 핏줄로도 인어족의 핏줄로도 마지막 분이십니다. 용왕께서 아직 혼인도 하시기 전에 병이 들어 용왕의 핏줄이 끊어지게 할 수는 없지 않습니까?"

"그야 그렇지요."

"하지만 사람이 물속에 들어오면 죽습니다."

장관들은 고개를 주억거렸다. 그러자 거북이 다시 나섰다.

"사람의 영혼을 죽지 않게 데려올 수 있다고 합니다."

장관들이 그 말에 고개를 갸웃거렸다.

"초롱아귀가 영혼이 오가는 일을 조절할 수 있어요. 사람의 영혼을 데려오기로 결정이 난다면 초롱아귀 신당에 가서 그 방법에 대해 구체적인 계획을 세울 겁니다."

초롱아귀는 용궁의 별채인 신전에서 물의 기운과 운명을 점치는 마법사였다. 마법을 부릴 때는 온몸에서 짙은 보랏빛이 일어나는데, 평소에도 울퉁불퉁한 얼굴 위에 달린 뾰족한 등지느러미 때문에 아무도 가까이 가지 못했다.

회의는 온종일 이어졌다. 장관들은 머리가 어지럽고 허리가 뻣뻣하고 아가미도 갑갑해서 견딜 수가 없었다. 결국 내무부 장관 문어가 결단하듯 말했다.

"좋습니다. 그럼 용왕의 약을 구해오는 것으로 결정을 합시다."

"그럽시다!"

다른 장관들은 차라리 속 시원하다는 듯이 고개를 끄덕였다.

"자, 그럼 누가 육지로 나가 사람을 데려올 것인가가 문제입니다."

거북 실장의 말에, 한시름 놓았다는 듯이 어깨를 두들기던 장관들이 멈칫했다. 서로 눈치를 살피며 눈알을 불안하게 움직였다.

'설마, 나보고 나가라는 것은 아니겠지?'

하는 눈빛을 주고받았다.

용왕이 긴 머리카락을 피곤하게 쓰다듬으며 말했다.

"여러 장관님, 오늘은 무척 힘이 드셨을 거예요. 육지로 누구를 내보낼 것인가는 며칠 후에 다시 의논하지요."

용왕의 친절한 목소리에 장관들 모두 고개를 깊이 숙이고 기다렸다는 듯이 자리에서 물러났다.

그때였다. 국방부 장관인 명태가 급히 용왕을 찾았다.

"용왕님, 큰일 났습니다. 동해를 지키던 용궁의 군대가 사람들에게 잡혀갔다고 합니다. 고등어 장군들도요!"

용왕은 얼굴빛이 더 창백해졌다.

"고등어 군대가 지키는 쪽은 고기잡이가 금지된 곳인데, 그런데 어선이 와서 그만 모두 잡아 가버렸답니다."

"저런! 고등어 장군들까지 말입니까?"

"고등어 장군들은 어린 물고기들이 잡혀가는 것을 구하려고 그물을 공격하다가 함께 잡혀갔다고 합니다."

"장군들이 용궁을 위해 목숨을 걸고 싸웠군요."

용왕은 손으로 이마를 짚으며 한숨을 내쉬었다. 주치의가 국방부 장관 명태에게 그만 나가라는 눈짓을 했다. 명태 장관은 용왕전을 지키고 있는 고등어 호위대장을 불렀다. 사람들에게 잡혀간 고등어 장군은 바로 얼마 전에 용궁 호위대장으로 뽑힌 고등어의 부모였다. 명태 장군은 차마 말을 꺼내지 못하고 고등어 대장을 마주한 채 한숨을 내쉬었다.

2. 육지로 가는 고등어

고등어는 늘 바다를 지키는 장군인 엄마 아빠가 자랑스러웠다. 엄마 아빠처럼 훌륭한 군인이 되고 싶어 어린 나이에 용왕을 지키는 호위병사로 뽑혔고 그들 중 대장이 되었다. 그런데 오늘 엄마 아빠가 돌아가셨다는 소식을 들었다.

"사람한테 잡혀가면 다 죽는 건가요?"

명태 장관은 천천히 고개를 끄덕였다.

"사람이 미워요! 왜 어린 물고기들을 잡아가고 엄마 아빠까지 잡아가요!"

고등어는 명태 장관의 가슴을 두드리며 울부짖었다. 소식을 들은 다른 병사들이 와서 고등어를 위로해주었다. 하지만 고등어에겐 아무 말도 들어오지 않았다.

그렇게 고등어가 우는 모습을 멀리서 삼치 박사가 지켜보고 있었다.

용왕의 주치의인 삼치 박사는 용궁의 산호담장 뒤에 있는 깊은 굴로 조용히 찾아갔다.

초롱아귀의 신당이었다. 최근 몇 년 동안 신당을 드나든 이는 아무도 없었다. 그런데 삼치 박사는 며칠째 계속 이곳에 오고 있었다. 어깨를 들썩이며 숨을 한번 고른 삼치 박사는 어두운 신당 아래로 천천히 내려갔다.

"캬악!"

갑자기 눈앞에 커다랗게 벌린 시커먼 입이 나타났다. 초롱아귀의 입속에서 거센 바람이 불어와 박사의 몸을 잡아당겼다.

"으악!"

초롱아귀는 도술로 자신의 입을 몇 배로 크게 보이게 해서 상대방을 기절시키는 명수였다. 그래서 물고기들은 그를 귀신고기라고도 불렀다.

"쯧쯧쯧! 이것 봐요, 삼치 박사."

초롱아귀가 박사의 지느러미를 슬쩍 건드렸다. 박사는 쓰러져 있다가 소스라치며 벌떡 일어났다. 박사는 코끝에 걸린 안경을 고쳐 쓰고 초롱아귀를 보았다.

"원하시던 어류마법의 책을 모두 구해왔어요. 용왕님을 구할 방법을 빨리 찾아야 합니다."

"캬악!"

초롱아귀가 입을 쩍 벌렸다. 아귀는 거무튀튀한 몸을 흔들 때마다 짙은 보랏빛 불이 번쩍번쩍 일었다.

"어쩌면 사람을 데려오는 일을 할 물고기가 있을지도 모르겠어요."

“삼치 박사, 혹시 그 고등어 말입니까?”

박사는 하마터면 뾰족한 초롱아귀의 지느러미를 잡을 뻔했다.

“아니, 그 고등어 대장을 알고 계십니까?”

“용궁에서 엄청난 분노의 기운이 솟구치는 걸 보았지. 그 고등어라면 사람에게 잡혀간 부모의 원수를 갚겠다고 할 거야.”

삼치 박사는 고개를 갸웃거렸다.

“음… 하지만 그건 아직 육지 세상을 몰라서 그럴 수도 있어요.”

“그거야! 세상 물정을 모르니 사람에게 복수를 하고 싶은 거지! 사람에 대한 분노가 가라앉기 전에 지금 설득해서 내보내야 해.”

"그 고등어가 육지로 가서 사람을 데려오는 게 가능하기는 한가요?"

초롱아귀가 검은 보랏빛 몸을 흔들며 묘한 웃음을 띠고 말했다.

"고등어도 복수를 하기 위해 목숨을 걸어야 해. 고등어를 먹는 사람은 한동안 고등어의 영혼을 지니게 되는 거지. 고등어의 영혼이 시키는 대로 바다의 부름을 받는 거야."

박사는 코끝을 찡그리며 고개를 갸웃거렸다.

"고등어가 사람에게 먹힌다는 것은 곧 고등어가 죽는다는 말 아닙니까?"

초롱아귀가 가는 눈을 치뜨고 말했다.

"사람은 물속에 들어오면 사람의 영혼을 되찾게 되고, 고등어는 사람의 몸에서 나와…. 그리고 다시 고등어로 살아날 수 있을지는 몰라. 한 번도 그런 적이 없어서 말이지. 하지만 지금 그게 문제야? 여왕의 병을 낫게 하기 위해 고등어를 내보내서 사람을 데려오기만 하면 되지."

박사는 몇 시간 후 초롱아귀의 신당에서 나왔다. 삼치 박사는 곧장 국방부 장관인 명태를 만났다. 삼치 박사의 계획을 들은 명태 장관은 지느러미를 거세게 흔들며 화를 내었다.

"어린 고드기를 육지에 보낸다구요? 부모를 잃은 불쌍한 고드기를 이용하겠단 말입니까? 안됩니다!"

"어떤 물고기가 감히 사람을 데리러 갈 만한 용기가 있겠어요? 지

금 사람에 대한 분노로 가득 차 있는 고드기가 아니면 그 어떤 물고기
도 육지로 나가지 않을 거예요.”

“차라리 내가 나가겠어요. 내가 나가서 군인답게….”

“우리 같은 늙은이들이 할 수 있는 일이 아니에요. 고드기는 사람
을 원망하고, 용궁 최고의 장군이 되겠다는 의지가 강해요. 그런 의지
가 없으면 못 할 일입니다.”

명태 장관은 친구였던 고등어 장군을 떠올리며 눈물을 머금었다.
부모가 용궁을 위해 싸우다 죽었는데 그 아들인 고드기에게 위험한
일을 맡기다니. 몇 번이나 반대했지만 결국 삼치 박사의 말대로 고드
기를 불러올 수밖에 없었다. 고드기는 우느라고 얼굴이 퉁퉁 붓고 등
의 푸른빛이 죽어 있었다. 등지느러미만이 뾰족하게 날이 서 있었다.

며칠 후, 용궁으로 모여드는 장관들은 그사이에 비늘이 빛을 잃고
늙어 있었다.

“뭐 좋은 방법이라도 찾았습니까?”

“방법이 없어요. 내 등지느러미가 며칠 새하얗게 세어버렸어요.”

“누가 사람을 데리러 육지에 나가겠다고 하겠어요?”

서로 이마를 맞댔지만 한숨만 나올 뿐이었다. 비서실장 거북이 늦
게서야 허둥지둥 달려왔다.

“여러 장관님을 기다리게 해서 죄송합니다. 곧 용왕님께서 오십니
다.”

그때, 주치의의 부축을 받으며 용왕이 들어섰다. 하얀 얼굴이 더

갸름해지고 눈가엔 촉촉한 수심이 맺혀 있었다.

"제가 좀 늦었지요?"

용왕의 목소리는 여전히 차분하면서도 근엄했다. 거북 실장이 오늘 회의에 주치의가 참석한 이유를 설명하였다.

주치의인 삼치 박사는, 우울증이 얼마나 위험한 병인지 자세히 설명했다.

"다행히 초롱아귀의 도움으로 육지로 나갈 물고기를 찾았습니다."

주치의가 어흠, 하자 용왕전 문이 다시 열리며 등이 뾰족한 작은 물고기가 미끄러지듯 들어왔다. 조그만 고등어였다.

장관들이 수군거리는 소리가 여왕에게도 들렸다.

"아니, 용왕전을 지키는 고등어 호위대장 아니오? 저런 어린 고등어가 나간다고?"

"그렇다고 커다란 고래가 가야 하는 것도 아니지요."

용왕의 부름을 받고 고등어는 용왕 앞으로 다가갔다. 용왕이 대견한 눈빛으로 고드기를 보았다.

"육지로 나가겠다고 하니 얼마나 고마운지 모르겠구나."

"예, 제가 용궁을 위해서 육지로 나가 꼭 사람을 데려오겠습니다."

고등어는 뾰족한 등 지느러미의 기운과는 달리 목소리가 떨리고 있었다.

"부모가 사람에게 잡혀갔다고?"

그 말을 들은 고등어는 꼬리를 부르르 떨며 목소리에 힘이 들어갔다.

"예, 용왕님! 엄마 아빠는 훌륭한 장군이셨어요. 저도 그런 장군이 되고 싶었는데, 부모님이 사람들에게 잡혀가고 말았어요. 그래서 제가 부모님의 원수를 갚고 용왕님의 병을 고쳐드리고 싶습니다."

교육부 장관인 가자미가 고개를 가로저으며 중얼거렸다.

"우리는 복수를 하기 위해 사람을 데려오려는 게 아니지 않습니까?"

그러자 외무부 장관 갈치가 매끄러운 목소리로 빠르게 말했다.

"하지만 스스로 물속에 오려는 사람이 있을 리 없지요. 억지로 끌고 오든지 꼬셔 와야 하니 원수를 갚는 의미가 있을 수도 있어요."

장관들이 수군거리는 눈치를 읽은 용왕이 거북 실장에서 눈짓을 한 후 말했다.

"자, 오늘은 큰일을 위해 떠날 고등어를 위해 연회를 열기로 했습니다. 모두 연회장으로 가서 못다 한 이야기를 나누지요."

용왕이 먼저 일어나서 은빛 꼬리를 흔들며 나갔다.

"사람이 물속에 오다니! 이것은 어류와 인류의 문화적 교류로써 실로 획기적인 일입니다."

문화부 장관 오징어가 열 개의 다리로 박수를 치며 말했다. 고등어는 장관들의 눈치를 보며 머뭇거리다가 주치의를 따라갔다.

산호별 마당에서 연회가 벌어졌다. 먼바다에서 가져온 희귀한 음식들이 조개언덕에 차려졌다. 용왕이 고등어를 위해 건배를 하고, 장관들이 고등어에게 한 마디씩 격려의 말을 건넸다. 고등어는 별로 먹

고 싶은 것이 없어 멍하니 쳐다보고만 있을 때, 용왕이 고등어를 가까이 불렀다.

"네 이름이 뭐라고 했지?"

"고드기입니다."

"고드기야. 너에게 너무 큰 짐을 지워서 미안하구나."

"아닙니다. 용왕님, 저는 엄마 아빠의….."

고드기는 엄마 이야기를 하다 눈물을 흘렸다. 그런 고드기의 등지느러미를 용왕이 가만히 쓰다듬어 주었다.

"고드기야. 내 어머니는 태평양에서 온 마지막 인어였지. 아버님께서 돌아가신 후 나를 정성껏 키워주셨는데, 얼마 전에 돌아가시고 말았어. 나는 아직도 그 슬픔에서 헤어나지 못한단다. 너의 마음도 내 마음 같겠구나."

고드기는 용왕의 얼굴을 물끄러미 쳐다보았다.

"아직도 어머님이 보고 싶으세요?"

용왕의 눈에서 눈물이 한 방울 흘러내렸다.

"초롱아귀의 말을 잘 들었겠지?"

"예. 육지로 나가면 누군가 저를 잡아먹게 되는데, 제가 그 사람의 영혼을 지배해서 용궁으로 데리고 올 수 있다고 했습니다."

"사람에게 먹히는 게 두렵지 않으냐?"

고드기가 눈물 맺힌 눈으로 용왕을 올려다보았다.

"두려워요. 하지만 그래야 사람의 마음을 조종할 수 있으니까요.

제 부모님도 사람에게 먹히고 말았을 텐데, 물고기를 마음대로 잡아먹는 사람의 영혼을 지배하는 것으로 부모님의 한을 풀어드리고 싶어요."

"용감하구나, 고드기야."

주치의가 둘 사이에 끼어들었다.

"용궁으로 돌아오면 초롱아귀가 사람 속에서 고등어의 영혼을 다시 꺼내 되살아나게 해 준다고 했습니다."

"그래요? 난 혹시나 고드기가 잘못될까 걱정했는데, 다행입니다."

용왕은 걱정거리가 사라진 듯 가슴을 쓸어내리며 웃었다.

밤이 깊도록 연회는 이어졌다. 고드기가 육지로 나가면 죽을 줄 알았는데, 용궁으로 돌아오면 살 수 있다는 말에 장관들도 안도하는 눈치였다. 주치의인 삼치 박사만이 멀찍이서 걱정스러운 표정을 짓고 있었다.

이른 새벽, 고드기는 주치의를 따라 초롱아귀의 신전으로 갔다. 입구에서 늘 시커먼 입을 벌려 손님을 기절시키던 초롱아귀가 이날만큼은 조용히 고드기를 만났다. 초롱아귀의 몸이 짙은 보랏빛으로 번쩍였다.

"마음의 준비는 되었겠지?"

아귀는 고드기를 가만히 보더니 보랏빛 호리병을 하나 주었다.

"마셔라."

고드기는 잠시 망설이다가 호리병에 든 약을 마셨다. 뱃속에서 순식간에 불이 나는 듯 뜨겁더니 곧 사그라졌다.

　"박사가 사람들이 오는 쪽으로 안내해 줄 거야. 그 약을 먹었으니 너는 사람들 눈에 더 잘 띌 거야. 그리고 너를 잡아먹는 사람은 네 영혼을 가지게 되는 거야. 하지만 시간이 지나면 약효가 떨어져. 보름달이 세 번 뜨기 전에 돌아와야 해."

　"오늘이 보름입니다."

　주치의가 말했다.

　"그러니 석 달 후, 세 번째 보름이 뜨는 날까지 돌아오지 않으면 모든 게 허사가 되는 거야. 그때까지 사람을 유인해 돌아와야 한다. 알겠지?"

　"예."

　"네 목숨을 지키기 위해서도 꼭 그 전에 와야 한단 말이다. 그리고 용왕님도 그 이상은 버티기 어려우실지 몰라. 우울증 때문에 심장에도 이상이 오고 있어."

　주치의가 한 번 더 다짐을 했다.

　고드기는 삼치 박사를 따라 북쪽으로 헤엄쳐갔다. 위쪽으로 올라갈수록 바닷물이 점점 밝아졌다. 밝은 빛은 물고기를 유인하는 사람들의 손짓이라고 엄마가 말했었다.

　"여기까지만 내가 배웅할 수 있다. 이젠 너 혼자 가야겠구나."

　삼치 박사가 걱정스러운 표정으로 고등어를 바라보았다.

"저 빛을 따라 올라가면 되는 거지요? 걱정 마세요."

"꼭 돌아와야 한다."

고드기는 심호흡을 한번 하고 삼치박사에게 인사를 했다. 그리고는 몸을 돌렸다.

밝은 빛이 쏟아지는 위쪽을 향해 열심히 지느러미를 움직였다. 고드기는 점점 수면을 향해 다가갔다. 순간, 고드기의 몸에서 반짝, 보라색 빛이 났다.

3. 깜이야, 선물이야

"오늘은 고등어가 억수로 들어왔네."

"한 상자 얼마고?"

"막 바다서 잡아 올린 겁니더. 싱싱합니더!"

이상한 소리가 희미하게 들려왔다. 고드기는 서서히 정신을 차렸다. 눈을 슬며시 뜨다가 번쩍이는 불빛에 눈을 감고 말았다. 물살처럼 귀로 흘러드는 소리, 그것이 사람의 말소리라는 것을 알았다. 사람의 말을 모두 알아들을 수 있도록 초롱아귀가 마법을 걸어 놓았다.

천천히 눈을 떴다. 흐릿하던 물체들이 선명하게 다가왔다. 옆을 돌아다보니 고등어들이 잔뜩 누워 있었다. 대부분 기절했는지 죽었는지 꼼짝도 하지 않았다.

누군가가 고등어 상자를 번쩍 들어 올렸다. 머리카락을 빡빡 밀고, 쭉 찢어진 눈에 불퉁한 입술이 퉁명스러워 보이는 남자였다. 처음으로 가까이서 보는 사람의 얼굴이었다. 용궁에서 사람이 어떻게 생겼냐고 물었더니 주치의가, 용왕님이 사람의 얼굴을 하고 있다고 했다. 그런데 이 얼굴은 용왕님과 닮기는커녕 험상궂은 문어를 닮았다.

고등어 상자 위에 상자가 몇 개 더 쌓이더니 곧 덜컹거리며 움직이기 시작했다. 빵빵거리는 소리, 씽씽 지나는 바람 소리가 들려왔다. 육지는 물속보다 훨씬 시끄러운 세상이었다.

덜컹거리는 것이 멈추었다. 상자들은 다시 어딘가로 옮겨졌다. 고드기는 이때 하늘을 처음 보았다. 바다와는 다른 엷고도 맑은 빛이었다.

"고등어는 세 상자고, 갈치 두 상자, 가자미 두 상자….."

머리를 빡빡 민 사람이 상자를 세어 보았다. 그리고는 상자에서 고등어를 몇 마리 꺼내 갔다. 그는 고등어와 가자미, 갈치를 몇 마리씩 따로 담아 늘어놓았다. 머리가 허옇고 허리가 반쯤 굽은 할머니가 지나가면서 말했다.

"빡빡이 오늘 일찍 나왔네. 많이 팔아라."

이번에는 머리카락이 미역귀처럼 뽀글뽀글한 사람이 다가와 물었다.

"고등어가 싱싱하네. 얼마예요?"

"세 마리 만원! 싱싱합니더!"

여자가 고등어를 사 가리라는 것을 알았다. 고등어를 사 가는 사람이 고등어를 먹을 것이고, 그러면 그 사람을 바다로 데려갈 수 있다.

고드기는 빡빡이가 얼른 상자에서 자기를 꺼내 가서 팔아주기를 바랐다. 빡빡이의 거친 손이 다가왔다. 고드기는,

나를 집어, 빨리!

간절한 눈빛으로 남자를 쳐다보았다. 장갑을 낀 손이 와서 고등어를 쏙쏙 빼갔다. 고드기만 빼놓고!

빡빡이는 고등어를 계속 팔았지만 여전히 고드기는 남아 있었다. 마지막 상자의 고등어도 거의 다 팔렸다. 고드기는 남은 고등어들 속에서 계속 소리쳤다.

나를 팔아줘, 제발!

가게 앞을 오가던 사람들도 뜸해졌다.

"작은놈들만 남았네."

빡빡이는 남은 고등어 상자를 들어 올리더니 어디론가 향했다. 바다를 향해 조그마한 가게들이 줄지어 앉은 길을 빡빡이는 성큼성큼 걸어갔다. 그리고는 고등어 상자를 다른 사람에게 건네주었다.

"창고에 좀 넣어두소. 나중 찾으러 올게요."

얼굴이 허옇고 덩치가 조그마한 남자가 고등어 상자를 받아들었다. 그리고 문이 덜커덩 열리더니 뽀얗게 차가운 기운이 눈앞을 가렸다. 남자는 상자를 한쪽 구석에 내려놓고 나갔다. 문이 덜컹하고 닫힌 후에야 눈앞이 보였다. 이쪽저쪽 모두 생선 상자만 가득히 쌓여 있었다. 순간 온몸이 부르르 떨렸다. 상자 안의 물고기들이 꽁꽁 얼어 있었다.

여기가 어디야? 이것 봐요!

고드기는 옆에 있는 고등어를 흔들었지만 그들은 꼼짝도 하지 않았다. 몸이 점점 차가워졌다.

무서운 곳이다. 순식간에 얼어버리다니! 하지만 난 영혼이 죽지 않아.

냉동창고 안에서 고드기는 소라껍데기처럼 단단해졌다.

하얀 얼굴에 안경을 쓰고 키가 작은 남자가 냉동창고에 자주 드나들었다. 그때마다 고드기는 소리쳤다.

이봐요! 빨리 날 잡아가요. 빨리 날 내다 팔라니까!

하지만 마른 멸치같이 생긴 남자는 눈길도 주지 않았다. 고드기는 그렇게 냉동창고에서 며칠을 보냈다. 사람들의 세상은 생각보다 험악했다. 고드기는 빨리 사람에게 먹혀서 그 사람을 데리고 용궁으로 가야 한다는 생각만 하며 정신을 차렸다.

어느 날 드디어 멸치 아저씨가 고등어 상자를 집어 들었다. 고등어 상자를 내다 팔려는 게 분명했다. 그런데 낑낑거리며 상자를 들고 나가던 그가 문 앞에서 그만,

"어이쿠!"

하면서 넘어지고 말았다. 아저씨가 재빨리 일어났지만 상자 안에 있던 고등어가 와르르 쏟아져 뒹굴었다. 그는 흩어진 고등어들을 허겁지겁 주워 담고 한숨을 내쉬었다.

"휴우! 다 담았지?"

아니야! 내가 이 구석에 아직 남았잖아!

몸집이 작은 고드기는 노르웨이산 고등어 상자 뒤에 거꾸로 박혔는데 멸치 아저씨는 그것을 보지 못했다.

"또 구박받을 뻔했네."

멸치 아저씨는 그대로 냉동실 문을 닫고 나가버렸다.

사람들은 참! 멍청한 것 같았다.

또 그렇게 며칠이 흘렀다. 멸치 아저씨가 다시 문을 열고 들어섰다. 그런데, 오늘은 멸치 아저씨 뒤에 조그만 여자아이가 따라 들어왔

다. 용왕님처럼 머리가 길었다. 머릿결은 아무렇게나 흩어진 것이 물결에 휩쓸린 모양이었다. 눈이 크고 코가 오뚝하고 턱이 뾰족한 것이 용왕님과 닮았다.

"우와!"

여자아이가 냉동실 안을 둘러보며 소리를 질렀다. 용왕님을 닮은 이 여자아이를 데려가면 용왕님도 더 좋아하실 것 같았다.

"냉동창고 안에 들어와 보고 싶었어요. 여기는 음… 차가운 안개로 만들어진 왕국이에요."

아니야. 여긴 사람들이 물고기를 잔인하게 얼리는 곳이야. 예쁜 여자아이야, 제발 나를 여기서 데리고 나가 줘. 나 여기 있어! 여기!

고드기는 소리를 질렀지만 여자아이는 고드기 곁을 스쳐 지나갔다. 이쪽저쪽 돌아본 여자아이가 몸을 부르르 떨었다.

"추워요!"

"아이고, 공주님 감기 들라. 나가자. 담에 또 구경 시켜 줄게."

멸치 아저씨가 여자아이의 어깨를 안고 돌아서다 오징어 상자에 엉덩이를 부딪쳤다.

"어이쿠!"

하면서 그는 좁은 상자들 사이에 엎어졌다.

"아저씨, 괜찮아요?"

여자아이가 달려와 멸치 아저씨의 팔을 붙들었다. 여자아이의 가느다란 발목이 고드기의 눈앞에 있었다.

나 여기 있어, 나 좀 쳐다봐 줘! 제발!

고드기는 가느다란 다리를 보며 간절히 말했다. 순간, 여자아이가 획 돌아다보았다. 그리고는 노르웨이 고등어 상자들 뒤로 얼굴을 가져왔다.

"어머나! 어린 고등어가 혼자 여기 있어요!"

여자아이가 손가락으로 거꾸로 박힌 고드기의 꼬리를 집어 올렸다. 고드기는 손가락 끝에 대롱대롱 매달렸다.

"어, 그게 어디서 떨어졌지? 너 줄까?"

멸치 아저씨는 고드기를 보더니 겸연쩍은 듯이 웃었다.

"정말요?"

여자아이는 폴짝거리며 좋아했다.

드디어 고드기는 냉동창고 밖으로 나왔다. 밖은 눈이 부시게 밝은 세상이었다.

"이 고등어를 어떡하지?"

여자아이가 고드기를 들여다보고 고개를 갸웃거렸다.

먹어! 나를 잡아먹어!

고드기는 간절하게 외쳤다.

"할머니한테 갖다 드려야겠어요."

멸치 아저씨가 빙긋 웃음으로 답하자 여자아이가 달리기 시작했다. 바다가 보이는 길을 잠시 뛰더니 숨을 몰아쉬었다. 가슴을 두드리고 서 있다가 좁은 골목으로 들어섰다. 시장 모퉁이의 조그만 좌판 앞에 여자아이가 우뚝 섰다.

"할머니! 고등어 한 마리 더 가져왔어."

초롱아귀의 볼처럼 바짝 마른 얼굴에 눈이 퀭한 할머니였다.

"누가 주던데?"

"상어네 냉동창고에 새로 온 아저씨가 줬어. 내가 찾았거든. 나 하랬어."

할머니가 고드기를 받아들고는 인상을 잔뜩 구겼다.

"줄라면 좀 큰 놈을 주지, 오데 팔지도 못할 놈을 주고 인심 쓴 척하기는!"

하고는 생선들 상자 안에 고드기를 툭 던졌다.

뜨거운 햇살이 고드기의 몸을 슬금슬금 핥았다. 단단하던 몸이 금세 다 녹아버렸다. 할머니는 생선을 거의 다 팔았지만 고드기는 아직 상자 안에 남았다.

"자, 고만 들어가자. 남은 거 요고는 니 구워 줄게."

드디어 나를 먹으려는구나!

고드기는 이제 사람 속으로 들어갈 수 있다는 기대에 부풀어 올랐다. 잡아먹히는 순간은 고통이 있겠지만, 그래야 사람의 영혼을 지배할 수 있으니까 참아야 한다.

할머니와 여자아이는 손을 잡고 시장 골목을 빠져나왔다. 다시 바다가 보이는 길에 들어섰다.

"야! 깜이다!"

여자아이가 달려갔다. 시커먼 털이 잔뜩 난 짐승을 아이가 쓰다듬고 있었다. 저렇게 온몸이 까맣기만 한 흉측한 동물이 있다니, 홍합 껍데기보다 더 까맣다.

"할머니, 이 고등어 깜이 주면 안 돼? 배고픈가 봐!"

고드기는 다시 몸이 꽁 얼어붙는 것 같았다. 나를 저 시커멓고 흉측한 놈에게? 놀라서 몸을 부르르 떨었다. 할머니가 바구니 안에 든 고드기를 슬쩍 보았다.

"니가 얼어 온 놈이니까 니 맘대로 해라!"

여자아이가 기분이 좋아 팔딱거리며 바구니에서 고드기를 꺼내 갔다. 고드기는 꼬리를 잡힌 채 부르짖었다.

안 돼, 안 돼! 네가 나를 먹어야 한단 말이야!

여자아이는 길바닥에 고드기를 툭 던졌다.

"깜이야! 선물이야, 너 먹어!"

시커먼 동물이 다가왔다. 눈알이 뜨겁게 빛났다. 입을 커다랗게 벌렸다.

안 돼! 나는 사람에게 먹혀야 해!

비명을 들은 듯 시커먼 동물이 멈칫하더니 고드기의 등을 꽉 깨물었다.

"야옹!"

4. 고양이가 되다

몸이 천 갈래 만 갈래로 찢어지는 듯했다. 속이 갑갑하고 머릿속에서 알 수 없는 장면들이 휙휙 지나갔다. 새파란 등을 빛내며 헤엄치는 엄마 아빠의 모습이 보였다. 그러다 시커먼 짐승이 휙 지나갔다. 미역 사이로 놀고 있는데 갑자기 나타난 시커먼 짐승이 입을 벌리고 다가왔다.

"으악"

몸을 흔들다 눈을 떴다. 꿈을 꾼 것이었다. 나는 바다가 내려다보이는 선창가에 있었다. 주위를 둘러보았다. 저쪽 골목이 눈에 익었다. 그 여자아이와 할머니!

여자아이가 나를 이상한 짐승에게 던져 주었다. 온몸이 시커멓던 그 짐승!

"깜이야!"

야옹거리는 소리가 들렸다. 길 건너편, 여자아이가 서 있던 그 자리에 누렁 고양이 한 마리가 나를 보고 서 있다. 고양이! 나는 그 흉측한 짐승이 고양이라는 걸 알았다. 초롱아귀가 사람만이 아니라 세상

의 다른 것들도 알도록 해 준 모양이었다.

누런 고양이가 길을 건너 나에게 다가왔다. 저 녀석이 나를 잡아먹으려는 건가?

"깜이야, 배 안 고파? 횟집 앞에 먹을 게 있을 거야. 가 보자."

누런 고양이는 나를 깜이라고 불렀다. 나는 뒷걸음질을 쳤다.

"왜 그래? 나 혼자 간다."

누런 고양이는 다시 풀쩍 뛰어 길을 건넜다.

순간, 짭짜름한 바닷바람이 불어왔다. 코끝이 간지러웠다. 바람이 온몸의 털을 부드럽게 쓸고 지나갔다.

뭐? 털?

나는 발을 내려다보았다.

으악!

지느러미 대신 털이 난 다리가 시커멓게 보였다. 앞다리를 들어보았다. 눈앞으로 가져와 얼굴을 쓱쓱 긁어보았다. 나는, 시커먼 고양이가 되어 있었다.

고양이가 되다니! 내가 고양이라니!

펄쩍펄쩍 뛰었다. 사람의 몸에 들어가 사람을 바다로 데려가야 하는데 고양이가 나를 먹어버리다니!

"깜이, 저 자슥이 뭘 잘못 묵었나? 와 풀짝거리고 난리고?"

길 건너편에서 머리를 빡빡 민 남자가 나를 보고 소리쳤다.

으악! 이럴 수는 없어!

　나는 선창 끝으로 달려갔다. 부두 끝에 닿은 바다는 흐려서 깊이를 알 수 없었다. 사람의 몸에 들어가야 하는데 그 시커먼 깜이라는 고양이가 나를 먹은 것이다. 나는 고양이가 된 것이다. 바닷속으로 뛰어들고 싶었다. 순간, 털이 바닷물을 거부하며 뻣뻣하게 일어섰다. 고양이는 물을 싫어하는가 보다.

　온몸에 힘이 빠졌다. 나는 더 이상 용궁의 고등어도 아니고 그렇다고 고양이도 아니고, 사람을 데리고 용궁으로 돌아가기는 틀렸다. 이제 어떻게 해야 하나. 다시 사람의 몸속으로 들어갈 수도 없다. 용왕님의 병은 어떡하지?

바닷속으로 벌건 해가 사라졌다. 나는 고등어의 영혼에 고양이의 몸을 가졌다. 시간이 가면 고등어였던 나를 잊어버리고 고양이로 살게 될지도 모른다. 쓰러지듯 엎드렸다.

멀리 바다 위에서 깜빡이는 불빛이 보였다. 용궁은 어디쯤 있을까. 여기서 한참을 남쪽으로 내려가야 할 거야. 깜빡이던 불빛이 점점 멀어졌다. 남쪽 바다로 가는 배인지도 몰랐다. 저 배를 따라 용궁으로 돌아가고 싶다.

다리에 힘을 주고 겨우 일어났다. 결국 내가 선택할 수 있는 길은 바다로 뛰어드는 것이다. 바다에 뛰어들면 고양이는 죽을지도 모른다. 운 좋게 살아서 용궁으로 돌아가면 초롱아귀가 나를 고등어로 돌려주겠지. 사람을 데려오지 못했다고 혼이 나면 어쩌지?

다리에 힘을 주었다. 바람이 나를 휙 잡아당겼다. 나는 힘을 다해 바다로 뛰어들기로 했다.

"하나, 둘, 세에⋯."

"깜이야!"

있는 힘을 다해 몸을 날리려는 순간, 무언가가 내 목덜미 뒤를 잡아 눌렀다.

"이 자슥이요, 진짜 오데 아프나? 와 이라노?"

목덜미를 꾸욱 누른 사람은 빡빡이였다. 일어서려는 내 다리를 주저앉혀 놓고는 억센 손으로 등을 쓰다듬었다.

이런 못생긴 빡빡이 같으니라고!

나를 시장에 가져온 사람이 바로 빡빡이다. 나를 사람에게 팔았다면 이런 일이 없었을 텐데.

앞발로 얼굴을 확 긁어버릴까 보다! 그럴 힘이 없었다.

"야아옹."

내 목에서 우는 소리가 나왔다.

"이놈 봐라, 목소리에 힘이 하나도 없네."

빡빡이 아저씨는 나를 달랑 들어 올렸다. 그리고는 두 팔에 나를 안고는 가게 쪽으로 갔다. 빡빡이의 팔에서 따뜻한 기운이 느껴졌다. 허름한 창고 앞에 희끄무레한 천을 깔고는 그 위에 나를 내려놓았다.

졸음이 왔다. 지금 잠이 올 상황이 아닌데, 너무 충격을 받았나 보다. 배를 깔고 엎드렸다. 까칠한 바닥이 아니라서 한결 편안했다. 한숨 자고 나면 이 모든 게 꿈이기를 바랐다.

서늘한 기운에 고개를 들었다. 눈앞이 뿌옇고 오가는 사람들의 모습이 흐릿하게 보인다. 나는 길을 건너 바다 앞에 섰다. 바다 위에 뿌연 안개가 자욱했다. 바다가 흔적을 감추고 건너편의 산도 보이지 않았다. 그 안개 속에서 비밀스럽게 울려 나오는 소리가 있었다.

"부아아앙!"

뿔고동 소리였다. 용궁에서 물고기들에게 전하려는 내용이 있을 때 울리는 뿔고동 소리가 분명했다. 바다에서 물고기 몇 마리가 튀어 올랐다. 숭어였다. 숭어는 육지의 소식을 바다에 전해주는 배달부들이었다.

뿔고동 소리가 한 번 더 나는 순간,

"철퍼덕!"

숭어가 다시 솟구쳤다. 순간, 숭어가 전하는 말이 들려왔다.

- 사람을 데리고 용궁으로 돌아와라 -

나는 심장이 콩닥거렸다.

고양이로 변했는데 용궁으로 사람을 데려갈 수 있나요?

- 바다로 오면 다시 고등어가 될 수 있다. 넌 사람을 유인하는 능력을 갖췄어. 사람을 데리고 오너라 -

숭어는 차츰 멀어지더니 보이지 않았다. 안개가 걷혀갔다. 용궁에서 나에게 말을 전하기 위해 짙은 안개를 일으킨 게 분명했다. 바다가 제 색깔을 드러냈다.

나는 바다를 보며 다리에 힘을 주었다. 부르르 몸을 떨자 털에 매달린 축축한 공기들이 떨어져 나갔다.

용궁에선 나를 버리지 않았어. 난 용왕님의 병을 고치는 임무를 띠고 육지에 온 거야. 내가 사람을 데려가지 않으면 용왕님 병도 고칠 수 없어!

나는 선창을 오가며 생각에 잠겼다.

"깜이야."

누렁 고양이가 다가왔다. 어제 본 그 고양이다. 목이 늘어지고 다리도 날렵하지 못한 것이 누렁 고양이는 많이 늙었다.

"어제는 아픈 것 같더니 괜찮니?"

"네, 누렁 할머니."

대답해놓고 깜짝 놀랐다. 할머니라는 말이 자연스럽게 나오다니. 깜이는 이 누렁 고양이와 친했던 모양이다.

"그래도 빡빡이가 네 걱정을 많이 하나 보더라."

빡빡이! 어제 바다로 뛰어들려는 내 목덜미를 눌러 주저앉힌 그 빡빡이.

"하지만 사람을 믿어선 안 돼. 나도 젊었을 때는 사람들에게 버려질 줄 몰랐지."

누렁 할머니는 고개를 떨어뜨리고 꼬리도 내린 채 길을 건너갔다. 누렁 할머니가 들어가는 골목 입구에 있는 생선 가게가 바로 '돌아와요 빡빡이네'.

빡빡이가 가게 문을 열고 장사를 시작했다. 시장바구니를 든 뚱뚱한 여자가 큰 소리로 떠들어댔다.

"오늘 무슨 안개가 그래 짙던지! 오늘은 뭐가 싱싱하노?"

"새벽에 나오는데 해무가 자욱한 기… 내사 마, 안개 낀 바다만 보모 뛰어들고 싶다 아입니꺼! 가슴이 벌렁거려서 바다에 풍덩….

"물귀신이 되든지 말든지 니 맘대로 하고, 뭐가 싱싱하노 말이다."

"아, 예? 갈치 함 보이소! 반짝반짝하는 기 때깔 좋지예?"

여자가 갈치를 요리조리 보더니 반 상자를 사 갔다. 빡빡이는 펑퍼짐한 여자의 엉덩이를 향해 꾸벅 인사를 했다. 나는 빡빡이가 한 말을 되씹어보았다.

안개 낀 바다만 보모 뛰어들고 싶다 아입니꺼!

빡빡이를 살펴보았다. 고양이 깜이와도 가깝게 지낸 듯 바라볼수록 빡빡이의 얼굴이 친근하게 와 닿았다.

한 손님이 고등어를 손질해달라고 하자 빡빡이는 웃으며 칼을 움켜쥔다. 섬뜩한 칼날이 고등어를 탁 내리쳤다. 나는 고개를 돌렸다.

우리 엄마 아빠도 저 빡빡이 같은 사람들의 손에… 몸서리를 쳤다. 빡빡이를 데려가서 물속에서 물고기만 보며 살게 하는 거야. 나는 빡빡이를 노려보았다.

"깜이 아이가?"

빡빡이가 나를 돌아다보았다.

"인자 괜찮나? 어제는 아픈 것 같더만!"

잔인한 사람! 고등어를 수도 없이 죽였겠지!

빡빡이를 노려보았다. 손질한 고등어를 손님에게 건넨 빡빡이가 다시 나를 돌아보았다.

"옛다! 너 먹어라."

내 앞에 뭔가를 툭 하고 던져 주었다.

으악! 나는 놀라서 뒷걸음을 쳤다. 고등어 대가리였다. 나는 치밀어오는 분노로 빡빡이에게 고함을 질렀다.

"야옹! 야아아옹!"

가늘고 앙칼진 소리가 나왔다.

"딴 놈이 물고 가기 전에 퍼뜩 니 묵어라!"

웃음을 띠는 빡빡이! 어쩌면 저 빡빡이의 웃음 속에 동강 난 내 엄마 아빠의 비명이 숨어 있을지도 몰랐다. 칼을 든 빡빡이를 향해 나는 소리쳤다.

너를 바다로 데려가고 말겠어!

5. 빡빡이네

깜이는 생선 대가리를 좋아한 고양인가 보다. 그러면서도 깔끔쟁이인지 조금만 시간이 지난 것은 비린내가 나서 먹지 않았다. 특히나 내장 냄새가 묻어있으면 우왝 하고 토할 정도였다.

처음 며칠 동안 빡빡이가 생선 대가리를 던져 줄 때 나는 이를 갈았다.

매일 물고기를 죽이는 나쁜 사람!

고픈 배를 안고 다니다가 횟집 뒷골목에서 새우를 몇 개 주워 먹었다. 그러다가 얇게 썬 생선 살도 맛보았다.

아침 장사가 끝나고 한숨 돌린 후 오후 장사를 할 때쯤 빡빡이 옆에 가면 이상한 냄새가 났다. 얼굴이 벌겋게 달아올라서는 숨을 내쉴 때마다 독한 냄새가 진동을 했다.

"어허, 빡빡이! 벌써 한잔했나? 장사는 우째 할라고?"

그러면 빡빡이는 더 가무잡잡해진 얼굴에 누런 이를 드러내놓고 씨익 웃으며 흥얼거리는 것이었다.

"아, 돌아와요~, 아, 빡빡이네로~, 아, 그리운 내 숙자야~."

시장 사람들이 빡빡이를 보고 고개를 절레절레 저었다.

"문디 자슥, 정신 좀 챙기라!"

빡빡이는 몸까지 비틀거렸다. 그러다가 오늘은 손님과 싸움이 일어나고 말았다.

나는 부둣가에 엎드려 바다를 바라보고 있었다. 그런데 건너편 가게 골목에서 뭔가 챙그르르 하고 깨지는 소리가 났다. 나는 슬쩍 일어나 건너편의 가게로 다가갔다.

"아니, 생선이 물러서 사기 싫다는데 무슨 말이 그렇게 많아요?"

비린내라도 묻으면 큰일이라는 듯이 치맛자락을 말아 쥔 여자가 소리를 질렀다.

"사기 싫으모 사기 싫다 하모 되지, 새벽에 나가서 막 받아온 물건을 보고 안 싱싱하다 하모 되냔 말이지!"

빡빡이의 입이 붉은 아가미처럼 벌렁거렸다.

"뭐라고? 아니 이 사람이 어디다 대고 반말지거리야?"

"이 여자가 오데서 삿대질이고? 내가 장사나 한다고 얕보는 기가?"

빡빡이가 잘 차려입은 여자를 향해 한 걸음 다가갔다. 그때 머리가 허옇고 키가 짜리몽땅한 할머니가 다가왔다. 할머니는 길바닥에 나뒹군 쟁반을 주워들고 빡빡이 머리를 쿵 하고 소리 나게 때렸다. 저 할머니, 어디서 본 적이 있다.

"아이구, 와 사람을 치고 이라요!"

빡빡이의 목에 힘줄이 불끈 솟았다가 할머니를 보고는 슬쩍 누그러졌다.

"오데서 낮술을 처묵고 손님한테 이기 무슨 짓이고!"

할머니는 빡빡이에게 한마디 하고는 치마를 움켜쥐고 서 있는 여자를 향해 고개를 까딱했다.

"손님, 죄송합니더. 그만 가 보이소."

여자는 빡빡이와 할매를 번갈아 보더니, 흥, 하고는 종종걸음을 쳤다.

"야이 자슥아, 제발 그 성질 좀 고치라!"

할머니는 빡빡이를 한 대 더 쥐어박을 듯이 팔을 휘둘러 보였지만 키가 워낙 작아 할머니의 주먹은 빡빡이의 얼굴까지 닿지 못했다. 할머니는 고기를 담았던 널찍한 통을 머리에 이며 혀를 찼다.

"왜 남의 머리를 치고 그랍니꺼?"

"남? 남이 아니니까 정신 챙기라고 때렸다. 와?"

"아, 진짜! 반똥가리 할매는 괜히!"

빡빡이는 구시렁거리면서 몸을 비틀거렸다. 저렇게 멍청한 사람을 찾기도 어려울 것 같았다.

저녁 무렵 나는 부두 끝에 엎드려 먼바다를 바라보았다. 새까만 밤바다 위로 깜박이는 불빛이 보였다. 부둣가의 생선 가게는 문을 닫

왔고 횟집들은 불을 켜기 시작했다.

용궁은 여기서 보이지 않는 먼 곳에 있겠지?

나는 앞발을 핥았다. 푸른 바닷속을 마음껏 헤엄칠 수 있는 날이 또 올까 하는 생각이 들었다. 바람에 가슴이 휑하니 뚫리는 것 같았다. 하필 어시장으로 오다니. 온갖 물고기들이 사람의 밥이 되기를 기다리는 곳. 하지만 지금은 후회해도 소용이 없다. 하루빨리 사람을 데리고 용궁으로 돌아가는 수밖에.

빡빡이가 아까보다 더 비틀거리며 부두 끝으로 다가왔다.

"어이, 깜이야."

빡빡이는 쪼그리고 앉아 내 턱 밑에 손바닥을 내밀었다. 별로 내키지는 않지만 그 손끝을 핥아 주었다. 빡빡이가 내 얼굴을 들여다보느라고 얼굴을 숙이는데, 욱! 이 냄새! 나는 고개를 돌렸다.

"깜이야? 니도 우리 숙자 기억나제?"

빡빡이는 땅바닥에 주저앉았다.

"우리 숙자가 오데로 갔을꼬, 나를 두고 오데로 갔을꼬?"

빡빡이는 바다 끝을 잡아당기듯이 한숨을 쉬며 어깨를 들썩였다. 두 눈에 물빛이 비쳤다. 그렁그렁한 것이 눈을 타고 떨어질 듯 부풀어 있었다. 나는 빡빡이의 다리에 머리를 대고 비비다가 깜짝 놀랐다.

뭐야? 내가 무슨 짓을 하고 있는 거지?

깜이는 빡빡이에게 이런 짓을 자주 했나 보다. 빡빡이가 내 등을 쓰다듬더니 나를 안아 올렸다. 한 팔로 나를 안고는 비틀거리는 걸음으로 길을 건넜다.

그런데 그때 골목에서 여자아이가 툭 튀어나왔다.

앗! 너는!

화가 나서 바르작거리자 빡빡이가 나를 내려놓았다.

"송이 오데 가노?"

빡빡이가 아이에게 말했다.

온몸의 털이 뾰족하게 섰다. 발톱을 세우고는 이빨을 드러냈다. 나를 고양이에게 던져준, 악마 같은 바로 그 여자아이였다. 저 아이만 아니었다면 난 벌써 사람을 데리고 용궁으로 돌아갔을 것이다.

저걸 확 물어버려?

"달리기하려고요."

송이는 나를 슬쩍 보고 무서웠는지 갑자기 뛰어갔다.

흥! 어디 보자!

내가 조금 빠르게 달리자 금세 송이를 따라잡았다.

"깜이 너 제법 빠른데?"

나는 어이가 없었다.

네가 날 고양이로 만들어 버렸어. 널 가만두지 않을 테니 각오해.

화가 나서 외쳤다.

"너 나랑 달리기할래?"

달리기라니! 내가 왜?

나는 코웃음을 치고 빡빡이를 따라갔다. 송이는 부두를 달리는가 싶더니 곧 멈추어 숨을 헐떡거렸다. 잘 뛰지도 못하는 주제에!

송이를 혼내주고 싶었지만 지금은 빡빡이에게 집중할 필요가 있었다. 빡빡이는 어깨가 축 처진 채 비틀거리며 가게 쪽으로 걸어갔다. 빡빡이가 좀 슬퍼 보였다. 용궁으로 가자고 꼬드기면 따라갈 것 같았다.

보름달이 뜨는 날이다. 달은 깜깜한 바다 가운데 있는 동그랗고 따뜻한 동굴 같았다.

초롱아귀는 달을 신이라고 했다. 보름달이 밝은 날은 우리 고등어들은 물속 깊이 가라앉았다. 산호와 게들은 아늑한 곳을 찾아 산란을 했다.

오늘은 꼭 빡빡이를 유인해 내야 했다. 이른 아침부터 '돌아와요 빡빡이네' 앞에서 어슬렁거렸다. 어쩐지 오늘은 빡빡이의 가게에 손님이 많았다. 가게 문을 닫을 무렵 달이 떴다. 빡빡이가 횟집 앞에서 어슬렁거리는 것을 보고 나는 따라붙었다.

그때였다. 오토바이 한 대가 골목에서 나와 모서리를 돌다가 넘어지고 말았다. 오토바이에 탄 사람은 냉동창고의 안경잡이 멸치 아저씨였다. 빡빡이가 혀를 차면서 다가갔다.

"아직도 오토바이를 못 배워서 우짭니꺼! 밥을 헛묵었다 헛묵었어!"

멸치 씨의 바지 무릎이 찢어져 있었다. 빡빡이가 넘어진 오토바이를 일으켜 세웠다.

"아, 고맙습니다."

멸치 씨가 오토바이에 올라앉으려는데 빡빡이가 오토바이를 툭 치며 말했다.

"보이소, 이 양반아! 이 오토바이란 것이 말이야."

멸치 씨는 별로 듣고 싶지 않은 눈치였다.

"네, 그만 가보겠습니다."

하고 오토바이에 올라탔다.

"아, 저런 신참도 내 말을 무시한단 말이가!"

빡빡이는 비틀거리는 오토바이의 뒤꽁무니를 쳐다보며 씩씩거렸다. 나는 빡빡이 옆에 바짝 붙어 걸었다.

"어이, 깜이야! 이리 온나!"

빡빡이가 나에게 손을 내밀었다. 빡빡이의 손바닥에 회가 한 점 놓여 있었다. 오늘은 제대로 먹지도 못했다. 설마 고등어 고기는 아니지 하고 물어볼 새도 없이 냉큼 먹었다. 살이 무른 듯하면서도 쫄깃한 것이 맛있었다. 내 영혼은 고등어지만 몸은 어쩔 수 없는 고양이였다.

"또 줄까?"

그럼! 육지에서의 마지막 식사가 될지 모르는데 좀 먹어두자고!

"야옹야옹!"

"하이구, 이 자슥이요, 오늘따라 애교가 넘치네!"

빡빡이는 회를 몇 점 더 손바닥에 얹어 내밀었다. 나는 꼴깍 씹어 삼켰다.

"많이 묵어라. 요 시장 바닥에서 내 좋다 하는 놈은 니밖에 없다!"

빡빡이는 한참 등을 쓸어주었다. 내 눈을 빤히 들여다보는 빡빡이의 눈가가 촉촉했다.

"깜이 니도 혼자 있으면 외롭나?"

외로운 것도 병이 된다고 했다. 용왕님의 우울증도 그 때문이라고 했는데 빡빡이도 그런 증상이 있는 것 같았다.

나는 달을 쳐다보았다. 온 정신을 다 해 달의 기를 모으면 서로 마음이 통할 수 있다고 초롱아귀가 그랬다.

저에게 달의 기운을 주십시오!

나는 달을 마음껏 들이마시고 빡빡이의 눈을 뚫어지게 쳐다보았다.

당신이 보고 싶어 하는 숙자는 바닷속에 있어! 나를 따라가면 숙자를 만날 수 있어.

간절한 내 목소리를 알아들었을까? 그의 눈빛이 흔들렸다.

숙자를 만나러 가는 거야, 숙자를!

선착장 끝쪽으로 나는 빡빡이를 이끌었다. 달이 빡빡이를 잡아당겨 주기를 바랐다. 발아래서 물결이 찰랑거렸다. 달빛이 바닷물을 짚고 반짝거렸다.

빡빡이 아저씨!

빡빡이가 나를 내려다보았다.

바다로 뛰어드는 거예요. 숙자가 저기서 기다리고 있어요.

"깜이야!"

빡빡이가 나와 눈을 맞추며 물었다.

"누가 자꾸 내한테 말을 건다. 내 각시 숙자가 저 바다에 있다고!"

내가 아저씨한테 말을 거는 거예요. 숙자를 만나러 가는 거예요.

"우리 숙자가 니를 참 예뻐했는데, 니, 아나? 숙자랑 새벽에 가게에 나오다가 우리 숙자가 니를 처음 봤다 아이가? 저 창고 뒤에서 오물거리고 있는 거를. 한 주먹밖에 안 되는 새끼였는데, 그때."

깜이가 숙자란 여자를 안다고?

나는 고개를 저었다. 혹시나 깜이의 어린 기억 속에 있는 숙자라는 여자가 떠오를까 봐 나는 소리를 쳤다.

그 숙자를 만나러 같이 가는 거야. 자, 지금 나랑 같이 바다로!

"알았다. 같이 가자. 숙자 있는 데로!"

빡빡이가 내 말을 알아들었다.

자, 같이 뛰어드는 거예요. 내가 안내할 거니까 겁낼 거 없어요. 하나!

빡빡이는 두 팔을 활짝 벌리고 웃으며 바다를 바라보았다.

"두울! 세에."

"빡빡이 아저씨!"

뛰어들려던 빡빡이는 놀라 멈칫했다. 나는 털이 꼿꼿하게 일어섰다. 획 돌아보니 저만치 송이가 서 있었다.

"야이 자슥아!"

송이 옆에 서 있던 할머니가 빠른 걸음으로 다가왔다. 으르렁거리는 나를 본체만체하고 할머니는 빡빡이의 등을 후려쳤다.

　"야이 자슥아! 오줌 싸나? 술에 취해 가꼬 선창 끝에 섰다가는 물에 빠져 죽는 수가 있으니, 이 끝에서 오줌 싸지 말라 했제?"

　"아이구, 아야! 오줌 싸는 거 아입니더! 반똥가리 할매, 내 우리 숙자가 있는 데로 갈라고…."

　할머니가 한 번 더 세 개 등을 때렸다.

　"니가 이래 정신을 못 차리니 각시가 안 돌아오지. 니가 잘만 해봐라. 숙자가 금방 돌아오지."

　아, 달이시여!

　분노로 뾰족하게 일어섰던 털도 누워버리고 나는 기운이 다 빠져

버렸다. 터덜터덜 걸어서 송이 옆을 지나쳤다.

"깜이야."

송이가 나를 봤나 보다.

부르지 마, 날 한 번만 더 부르면 가만 안 둘 거야.

"깜이야!"

송이는 더 큰 소리로 불렀다. 나는 돌아볼 기운도 나지 않았다. 빡빡이는 숙자를 부르며 울음을 터뜨렸다.

6. 상어네의 멸치 씨

나는 빡빡이네 창고에 당분간 가지 않았다. 바다를 따라 횟집들을 지나쳐 등대를 향해 계속 걸었다. 나그네가 된 듯이 쓸쓸했다.

그런데 갑자기 발 앞에 거무튀튀한 것이 휙 지나갔다. 땅바닥에  붙어서 긴 꼬리를 늘어뜨리고 쪼르르 달려가는 조그만 쥐였다. 깜이는 쥐를 잡은 적이 없었다. 누렁 할머니 말로는, 부둣가에는 생선이 널렸기 때문에 쥐를 잡는 고양이가 없다는 것이었다.

등대 밑에 누군가 쪼그리고 앉아 있었다. 동그랗고 하얀 등은 고둥껍질처럼 보였다. 상어네 냉동창고의 안경잡이 멸치 씨였다. 냉동창고에서 고등어 상자 안에 있는 나를 떨어뜨려 한 구석에 처박아 두었던, 며칠 전에는 오토바이를 타다가 넘어져 빡빡이가 한심하게 여기던 사람.

멸치 씨는 끄응, 소리를 내며 일어났다. 주머니에 손을 낀 채 발끝을 내려다보고 걸었다. 나는 약간의 거리를 두고 그를 따라갔다. 냉동창고는 저녁 장사를 일찍 끝냈는가 보다.

멸치 씨는 손바닥만 한 사무실에 들어가 고개를 숙이고 뭘 찾는지 낑낑거렸다. 두꺼운 책 같은 걸 들고나와 사무실 문을 잠갔다. 그리고 상어상회 간판 아래로 기다란 쇠꼬챙이를 올려 용을 쓰자 쇠문이 밑으로 내려왔다. 그러다 손에 든 책을 떨어뜨리고 말았다.

"이런!"

멸치 씨는 쇠꼬챙이를 놓고 책을 주웠다. 그러자 쇠꼬챙이에 매달려 내려오던 쇠문이 다시 위로 올라가 버렸다. 멸치 씨는 다시 책을 땅바닥에 내려놓고 쇠꼬챙이를 잡아당겼다.

"아이고, 왜 이리 빡빡하냐?"

쇠문이 내려오자 멸치 씨는 쇠문에 커다란 쇠고리를 걸었다. 상어의 등판에 붙어 있는 멸치 같은 모양이었다.

멸치 씨는 길을 가면서 책을 펼쳐 보았다. 책장을 몇 장 넘기는 동안 걸음이 점점 느려지더니 우뚝 멈추어 섰다.

"빵빵!"

오토바이 한 대가 멸치 씨 앞에 섰다. 나는 풀쩍 뛰어 벽으로 붙었다. 멸치 씨가 책을 떨어뜨렸다가 황급히 주웠다. 오토바이를 탄 사람은 칼판 아줌마였다.

"보이소! 길 가면서 딴짓하다가는 큰일 나요! 눈을 어디다 두고 다니요?"

"아, 예. 죄송합니다."

"쯧쯧, 그래가꼬 언제 어시장 사람 되겠노?"

아줌마는 보란 듯이 오토바이를 쌩하니 타고 가버렸다. 시장통 뒤쪽으로 허름한 옛날 동네가 있었다. 멸치 씨는 조그만 가게 앞에 있는 의자에 앉았다. 가게 근처에서 고소하고 기름진 향기가 날아다녔다.

"아주머니, 치킨 반 마리랑 소주 한 병 주세요."

가게에서 앞치마를 두른 뚱뚱한 아줌마가 고개만 내밀었다.

"오늘도 반 마리만?"

"예, 혼자서 한 마리는 너무 많아서."

멸치 씨는 가게 불빛이 잘 비치는 곳으로 의자를 끌고 가더니 책을 펼쳤다.

아줌마가 접시를 들고나오는 순간, 고소한 냄새에 절로 콧구멍이 벌름거려졌다. 나도 모르게 멸치 씨의 발아래로 다가갔다.

"깜이구나. 먹고 싶어?"

멸치 씨는 한입 베어 먹던 살을 내 앞에 던져 주었다. 나는 얼른 덥석 물었다.

앗, 뜨거!

뜨거워 놀라긴 했지만, 고깃살이 쫄깃하게 씹히며 온몸에 고소한 기름기가 확 퍼졌다. 처음 먹어보는 육지 고기의 맛이었다.

나는 누렁 할머니가 횟집에 앉은 사람들의 다리 사이를 오가는 것을 보고 흉을 봤었다. 사람들에게 알랑거려 먹이를 얻는 게 비굴해 보였다. 하지만 지금은 멸치 씨에게 알랑거려서라도 고기를 얻어먹어야겠다는 생각이 들었다.

"배가 고팠구나. 자, 한 덩이 먹어."

멸치 씨는 보기보다 인심이 좋은 사람이었다. 두 덩이를 더 얻어먹고 배를 제법 채웠다. 멸치 씨가 소주 한 병을 다 마신 후 자리에서 일어날 때였다.

"엄마야!"

하며 멸치 씨가 의자와 함께 뒤로 나동그라졌다.

시커먼 것이 멸치 씨의 발 앞을 획 지나갔다. 쥐였다. 녀석이 저만치 가서는 하수구로 내려가지도 않고 나를 쳐다보았다.

"뭐고? 왜 남의 집 의자를 부술라고 이라노?"

아줌마가 나와서 퉁명스럽게 쏘아붙이고 의자를 바로 세웠다.

"아, 죄송합니다. 쥐가 갑자기 나와서…."

아줌마는 코웃음을 쳤다.

"쥐가 사람 잡겠네. 야 이 놈아, 니는 고양이가 쥐도 안 잡고 뭐 하노? 쯧쯧!"

쥐가 고양이도 잡겠네, 하며 나를 비웃었다. 멸치 씨는 떨어진 책을 주워들고 걸었다.

"쥐는 안 잡고 고기나 얻어먹는 니 신세나 내 신세나 참!"

멸치 씨의 목소리가 갑자기 낮게 가라앉았다.

난 원래 고양이가 아니거든!

"야옹야옹!"

"따라오지 말고 네 갈 데로 가. 갈 데가 없니? 너도 내 신세랑 비슷하구나."

멸치 씨는 골목 안쪽으로 모습을 감추었다.

주변이 어둑어둑한 이른 새벽에 냉동창고는 문을 열었다.

"자, 빨리빨리 옮기라."

주인아저씨는 몸집이 크고 어깨가 넓어 커다란 고기 상자도 두 개씩 날랐다. 멸치 씨는 한 상자도 겨우 들고 옮겼다. 상자를 냉동창고에 다 옮기고 나서는 생선을 자르는 일을 했다.

"어허! 이렇게 큰 놈은 네 등분을 내야지."

주인아저씨가 소리를 버럭 질렀다. 아저씨가 생선을 자르는 시범을 보이는데 속도로 빠르고 크기도 일정했다. 매서운 눈으로 멸치 씨를 노려보는 모습이 상어 아저씨로 불릴 만했다. 상어에게서 일을 배우는 멸치라니.

"공부만 하던 사람이 시장 막일을 할라니 죽을 맛이제? 그래도 한 달이 지났으모 좀 익어야지 아직 헛손질을 하모 우짜노? 그래가꼬 묵고 살겠나?"

큰소리를 치고는 아저씨는 오토바이에 고기 상자를 싣고 배달을 하러 갔다. 멸치 씨는 쉬지 않고 생선을 잘랐다. 내가 다가가자 멸치 씨는 씨익 웃더니 새우 상자를 더듬어 터진 새우 몇 개를 던져 주었다.

"깜이 넌 다른 고양이들하곤 좀 달라."

켁켁. 새우가 목에 걸렸다.

"이 동네 고양이 중에 너만 새까매서 그런지 모르지만, 어쩐지 좀, 헉! 엄마야!"

멸치 씨가 나를 쳐다보고 생선을 자르다 하마터면 자기 손가락을 자를 뻔했다. 야무진 구석이라곤 없는 사람이다.

해 질 무렵, 나는 등대 밑에서 바다를 보고 엎드려 있었다. 예상대로 멸치 씨가 바다로 왔다.

"넌 다른 고양이들과는 다르다니까. 바다를 보고 생각에 잠기다니."

멸치 씨는 내 옆에 앉았다.

"나도 바다가 좋아."

그 말에 나는 멸치 씨가 마음에 들었다.

"나는 말이야, 저 바다를 건너가 보고 싶어."

그 말은 더욱 마음에 들었다. 나는 일어나 멸치 씨의 손등을 핥았다. 멸치 씨가 내 턱을 쓰다듬었다.

"바다를 어떻게 건너가는지 알아?"

물론 알지. 멸치 씨 당신은 나와 함께 바닷속 용궁으로 가는 거야.

"야옹 야아아옹!"

멸치 씨가 내 말을 알아듣기라도 했는지 내 눈을 빤히 바라보았다.

"난 말이야, 오토바이를 타고 바다를 건너고 싶어."

뭐? 진심이야?

"어때? 내가 할 수 있을 것 같아?"

절대 못 해!

"야옹! 야옹!"

"할 수 있을 거라고? 하하, 고맙다."

멸치 씨는 입이 벌어져서 내 머리를 마구 쓰다듬었다.

"일단은 오토바이를 잘 타야 해, 난 아직 잘 타지 못하거든. 깜이야, 우리 약속하자."

그래, 난 당신을 데리고 용궁으로 갈 거야. 약속할게.

"야아아옹!"

"난 오토바이를 타고 바다를 건너갈 거야. 대신 넌⋯."

내가 뭘?

"넌 쥐를 잡는 거야!"

내가 왜? 한 번도 잡아 본 적이 없는 쥐를?

"날 시장통과는 안 어울리는 놈이라고 하지만, 보란 듯이 멋지게 오토바이를 탈 거야. 그리고 넌 고양이답게 쥐를 잡는 거지."

싫어! 난 고양이다울 필요가 없어!

"그래, 우린 할 수 있어. 자, 그럼 우리 치킨 먹으러 가자."

치킨 맛을 떠올리자 얼른 달려가고 싶었지만, 나는 꼬리를 꼿꼿하게 세우고 멸치 씨를 뒤따랐다.

상관없어. 어차피 당신이 오토바이로 바다를 날기 전에, 내가 당신을 유혹해서 바다로 같이 뛰어들 거니까!

7. 바다로 날아간 오토바이

해 질 무렵이었다. 나는 방파제에 엎드려 멸치 씨를 기다렸다.

누렁 할머니가 횟집 앞에서 버려진 생선 찌꺼기를 먹고 있었다. 상가 안쪽에서 어떤 남자가 걸어 나왔다. 부둣가의 고양이나 개들은 사람이 다가와도 피하지 않았다.

남자가 갑자기 방향을 바꿔 누렁 할머니 쪽으로 걸어갔다. 남자는 할머니에게 다가가더니 할머니의 옆구리를 발로 사정없이 차버렸다. 누렁 할머니는 저만큼 나가떨어졌다.

"쥐도 못 잡는 도둑고양이 같으니라고!"

남자는 술에 취했는지 발길질을 한 후 몸을 비틀거리더니 돌아서 갔다.

"할머니, 괜찮으세요?"

누렁 할머니는 한참을 끙끙거리다가 겨우 일어나 절룩거리며 걸었다.

"죽을 때가 다 된 모양이야. 사람 발길도 피하지 못하고."

할머니는 끄윽끄윽 막히는 숨을 뱉으며 눈물을 흘렸다. 할머니가 사람에게 버림받지 않았다면 이렇게 발길질 당해 울 일은 없었을까.

"부릉부릉!"

오토바이가 소리가 났다. 소리를 듣고 멸치 씨의 오토바이라는 것을 알 수 있었다.

"할머니, 쉬고 계세요. 나중에 제가 먹을 걸 가지고 올게요."

멸치 씨는 매일 일을 마친 후 오토바이 연습을 하고 있었다. 혼자서 타는 건 그렇게 어렵지 않아 보였다. 하지만 뒤에 고기 상자만 얹으면 모퉁이를 돌다가 넘어지곤 했다. 멸치 씨는 등대 쪽으로 오토바이를 몰고 왔다. 그런데 오토바이 뒤에 송이가 달리고 있었다. 오토바이는 조금 가다가 서서 송이를 기다려 주었다.

"학학, 아저씨! 이제, 오토바이, 잘 타시네요. 학학!"

"송이 너, 괜찮아?"

"네, 학학. 이제 괜찮아요."

멸치 씨는 천천히 가다 서기를 하며 등대까지 갔다. 송이는 가슴에 한쪽 손을 얹고 숨을 할딱였다. 달리는 것도 아니고 빠른 걸음으로 걷는 정도밖에 안 되던데 송이가 심하게 숨이 차 보였다.

"어, 깜이구나. 한동안 빡빡이 아저씨네 근처에서 안 보이더니."

겁도 없이 송이는 내 턱 밑에 손을 넣었다.

확 물어버릴까 보다.

"카르릉!"

이빨을 드러내 보이자 송이는 움찔하며 손을 감췄다. 그러다가 재

빠르게 손바닥으로 내 머리를 내리쳤다.

"야! 물릴 뻔했잖아!"

정말 물어버린다!

"카르르릉!"

"송이야, 그러지 마. 깜이도 요즘 스트레스받고 있을 거야."

멸치 씨가 오토바이를 세워 놓고 바다를 보고 앉았다. 나는 냉큼 멸치 씨 옆에 가서 앉았다. 나는 요즘 멸치 씨가 냉동창고에서 나오면 그림자처럼 붙어 다녔다. 그래서 멸치 씨에 대해 파악을 했다. 그는 무려 칠 년 동안 공부를 했지만 계속 시험에 떨어졌고, 지금은 친척인 상어 아저씨네 냉동창고 일을 하고 있는 것이었다.

"깜이가 왜 스트레스를 받아요?"

송이는 멸치 씨 옆에 나란히 앉았다.

"이건, 깜이와 나만의 비밀인데, 나는 오토바이를 타고 바다 위를 날고 깜이는 쥐를 잡기로 약속했거든."

누가 쥐를 잡는다고? 난 그런 약속 한 적 없어!

송이가 손뼉을 치며 나를 쳐다보았다.

"정말? 깜이가 쥐를 잡을 수 있을까?"

사람의 마음을 얻으려면 교감을 해야 한다고 누렁 할머니가 일러 주었다. 그래서 내가 멸치 씨와 교감을 하려고 얼마나 애를 쓰고 있는데, 송이 넌 빠져!

저물어가는 하늘 반대편에 달이 떠올랐다. 보름이 가까워지고 있었다. 바다로 돌아갈 시간이 절반이 지나갔다.

"우리 치킨 먹으러 가자."

멸치 씨는 천천히 오토바이를 몰았다. 나는 오토바이를 따라갔지만 송이는 급하게 가다가 숨을 할딱거리곤 했다.

"아주머니, 오늘은 치킨 한 마리요! 사이다도 주시고요."

멸치 씨는 자랑스럽게 큰 소리로 말했다. 막 의자에 앉으려는 순간 송이가 엄마야, 하고 뒤로 물러났다. 쥐였다.

엄마야!

나도 멸치 씨 뒤로 숨었다. 쥐는 하수구 쪽으로 사라졌다.

"하하하! 깜이야, 너 그래 가지고 쥐 잡겠니? 네가 쥐한테 잡힐라."

송이가 웃어댔다.

그래, 맘껏 비웃어라. 다시 날 비웃지 못하게 만들어 줄 테니까, 며칠 후에!

멸치 씨는 치킨이 나오자 입으로 호호 불어서 나에게 한 덩이를 먼저 내밀었다. 나는 얼른 받아 물고 상가 지하로 내려갔다. 누렁 할머니는 옆으로 비스듬히 누워 있었다.

"할머니, 좀 괜찮아요? 이거 드세요."

할머니는 끄응 하고 목을 들고는 고기를 먹었다. 할머니의 눈엔 아직 눈물이 맺혀 있었다. 나는 계단을 훌쩍 올라 다시 멸치 씨에게 갔다. 멸치 씨가 또 한 덩이를 내밀었다. 송이는 두 손으로 닭다리를 들고 허겁지겁 먹고 있었다.

드디어 오늘은 보름이다. 멸치 씨는 냉동창고 문을 닫으며 긴장한 표정이었다.

"깜이야. 오늘 난 오토바이를 타고 시장을 한 바퀴 돌 거야. 그러고 나서 여길 떠날지도 몰라. 여긴 내가 있을 곳이 아니거든."

나는 마음을 집중해서 멸치 씨의 눈을 바라보았다. 내 말을 그가 알아듣기를 바랐다.

그래요. 멸치 씨 당신은 이곳이 어울리지 않아요. 나와 함께 바다로 가는 거예요. 거기서 당신은 읽고 싶은 책을 읽고 공부하면서 지낼 수 있어요.

멸치 씨의 눈이 촉촉해졌다. 그의 눈동자는 무슨 말인가를 하고 싶어 했다.

"오토바이를 타고 정말 다른 곳으로 떠날 거야."

멸치 씨는 오토바이를 올라 헬멧을 썼다. 나는 횟집 쪽으로 먼저 달려 나갔다. 오토바이가 달려왔다. 나를 스치고 지난 오토바이는 바닷가 길을 따라 빠르게 달렸다. 저렇게 빠른 오토바이는 처음 보았다. 나도 부둣가를 향해 전속력으로 달렸다. 멸치 씨는 횟집 골목 안쪽으로 들어갔다가 다시 바닷가 쪽으로 나왔다.

"아니, 상어네 가게에 그 신참 아니가? 뭔 오토바이를 저래 세게 타노?"

"잘 달리네. 저러다 넘어질라."

사람들의 염려하는 소리가 들려왔다. 멸치 씨는 조금 넓은 길에서는 묘기를 부리듯이 동그랗게 한 바퀴 돌았다. 횟집 주인과 손님들도 그 광경을 지켜보았다. 오토바이는 부둣가 끝쪽의 빡빡이네 가게 앞까지 갔다. 거기서 한 바퀴를 빙 돌자 빡빡이 아저씨가 뛰어나왔다.

"하이구, 깜짝이야! 보소! 뭔 오토바이를 그래 요란하게 타요?"

멸치 씨가 그 말에 대답하는 것을 빡빡이는 들었는지 모르겠다.

"어쩌면 오토바이가 오늘로 마지막이 될지도 모르거든요."

멸치 씨는 오토바이를 돌려 등대 쪽으로 향했다. 나도 고양이로 살면서 마지막으로 달리는 거라 생각하고 힘껏 달렸다. 송이가 시장 골목에서 이쪽으로 건너오는 게 보였다.

멸치 씨는 등대 앞에서 멈추었다. 나도 등대 밑으로 갔다.

"깜이야. 속이 다 시원해! 이제 정말 바다로 갈 거야."

헬멧을 벗은 그의 눈을 보았다. 가는 눈이 설렘과 두려움에 떨고 있었다. 그 순간에 나는 보았다. 멸치 씨는 정말로, 오토바이를 타고 바다로 뛰어들려는 것이었다. 나는 멸치 씨에게 다가가 앞발을 오토바이에 올렸다.

그래요. 함께 바다로 가는 거예요.

멸치 씨의 눈이 더 커졌다. 그가 내 말을 알아들은 게 분명했다.

"정말? 정말 네가 나와 함께 가겠다는 거야?"

그래요. 같이 가요. 바다로 가면 당신은 외롭지 않을 거예요.

"깜이야!"

멸치 씨가 나를 안아 올렸다. 그의 손길이 뜨거웠다.

바다여! 보십시오. 이제 바다 품으로 갑니다.

"자, 출발이야."

멸치 씨는 다시 시동을 걸었다. 뒤쪽으로 달려갔다가 바다를 향해
방향을 틀었다.

우리는 이제 바다로 가는 거야.

"아저씨! 학학! 아, 저, 씨!"

등 뒤에서 송이가 불렀다. 아저씨는 송이의 목소리를 못 들은 것
같았다. 송이 뒤로 반똥가리 할매의 모습도 보였다.

돌아보지 말아요. 출발하는 거예요!

멸치 씨는 나를 잠시 보더니 출발했다.

노란 보름달이 내 머리 위로 내려왔다. 물결이 부딪치며 나에게 빨리 오라고 손짓을 했다.

오토바이가 속력을 높였다. 멸치 씨는 헬멧을 쓰지 않았다. 등대 앞에 와서 속도를 줄이는가 싶은 순간, 그가 나를 등대 앞에 던졌다. 아주 짧은 순간 멸치 씨의 눈이 나와 부딪쳤다.

안녕, 나는 바다로 간다.

등대 밑에 선 나를 보고 웃었다. 오토바이는 멈추지 않고 어두위 오는 하늘을 향해 솟아올랐다. 동그라미를 그리며 날아오르다 물결치는 바닷속으로 풍덩 빠졌다. 하늘에서 내려다보는 달도 얼굴이 새파래졌다.

사람들이 달려왔다. 전화를 거는 사람, 고함을 지르는 사람으로 등대 주변은 소란스러웠다. 누군가가 부두에 묶인 배를 풀어 바다로 나갔다.

나는 털을 쭈뼛 세운 채 뒷걸음질을 쳤다. 멸치 씨는 나를 내려놓고 혼자 바다로 뛰어들었다. 왜 그랬을까.

상가 앞으로 오는데 뭔가 눈앞에서 쪼르르 달려갔다. 쥐였다. 순간, 머릿속에서 쨍하고 무언가가 깨지는 듯했다. 나는 재빠르게 튀어올라 쥐를 덮쳤다. 이빨로 쥐의 목덜미를 꽉 깨물었다. 뭐가 나를 그렇게 만들었는지 모르겠다. 오토바이나 새파란 달빛, 둘 중 하나였을 것이다.

쥐를 입에 물고 상가 계단을 내려갔다.

"깜이야! 쥐를 잡았구나."

나는 누렁 할머니 앞에 쥐를 던져주었다. 멸치 씨를 데리고 용궁으로 가는 것에 실패했다.

8. 반똥가리 할매와 누렁 할머니

멸치 씨가 병원에 있는 동안 난 그저 바다만 바리볼 뿐이었다. 숭어가 뛰기를 기다렸다. 용궁에서 나에게 무슨 말인가를 해주기를 바랐지만 아무 기별도 없었다. 멸치 씨는 나의 꾐에 빠져 물에 뛰어든 게 아니었다. 나와 함께 바다로 가자고 했지만, 그는 나를 내려놓고 혼자 바다로 뛰어들었다. 나에게 정말 사람을 유인할 능력이 있는지 혼란스러웠다.

"깜이야!"

송이였다. 내 일의 방해꾼이지만 송이와 싸울 기력도 없었다.

"냉동창고 아저씨 걱정되어서 그래? 아저씬 괜찮아."

송이가 내 머리를 쓰다듬었지만 나는 고개도 들지 않았다.

"오토바이의 브레이크가 고장이 났대. 그래서 못 멈춘 거야. 그래도 이젠 시장에서 아저씨를 깔보는 사람은 없을걸."

아니야. 아저씨는 일부러 멈추지 않고 달린 거라구.

송이는 주머니에서 콩알만 한 알맹이를 꺼냈다.

"자, 이거 학교에서 친구한테 얻어왔어. 고양이 사료래. 넌 쥐도 잡으니까 이런 건 별로겠지만 그래도 먹어봐."

싫어.

그러면서도 나도 모르게 송이의 손에 입을 가져갔다. 입에 닿을 때는 까칠했지만 씹어보니 바삭한 것이 맛있었다.

멸치 씨는 이틀 동안 병원에 있다가 나왔다. 시장 사람들이 멸치 씨를 대하는 태도가 달라졌다. 상어네 주인아저씨는 오토바이 탓을 했다.

"그 오토바이, 브레이크가 말을 잘 안 들더라고. 진작 손을 봤어야 했는데, 큰일 날 뻔했지."

멸치 씨는 그런 말을 듣고 씨익 웃을 뿐이었다.

아침 장사를 하고 있을 때 송이네 할머니가 상어네 가게로 왔다. 상어 아저씨가 큰소리로 인사를 했다.

"반똥가리 할매, 우짠 일입니꺼?"

"우짠 일은? 고기 사러 왔지. 가자미 반똥가리 하고 고등어 반똥가리만 주라."

"할매는 저 아랫집에 복어 할배 집에서 사 썼다 아입니꺼?"

할매의 눈이 쭉 찢어졌다.

"니 모르나? 복어 할배가 죽을병이 걸렸단다. 성질이 그래 고약하더마는."

나는 가게 맞은편에 앉아서 멸치 씨가 생선 머리 자르는 걸 보고 있었다. 이제는 자르는 솜씨가 많이 늘었다.

"가자미 반똥가리 하고 고등어 반똥가리 챙기 드리라."

상어 아저씨의 말에 멸치 씨가 안경을 밀어 올리며 어눌하게 말했다.

"반똥, 반똥가리요?"

"반 상자 말이다. 반 상자씩만 내 드리라고."

멸치 씨는 고등어 한 상자와 가자미 한 상자를 들고나왔다. 가자미 절반을 골라내는데 할매는 쪼그리고 앉았다.

"와 이래 작은 것만 골라 주노?"

"아닌데요. 크기는 다 똑같아요."

"서른아홉, 마흔. 팔십 마리 한 상자에서 절반입니다."

할매는 멸치 씨를 못마땅하게 쳐다보았다.

"두 마리만 더 넣어 주라."

"안 되는데요…."

"이래 야박하게 굴래? 두 마리만 더 넣어라."

멸치 씨는 어쩔 줄 몰라 하며 상어 아저씨 쳐다보았다. 상어 아저씨의 인상이 구겨졌다.

"할매, 두 마리는 안 되고 한 마리만 넣어 가이소."

반똥가리 할매는 멸치 씨를 보며 혀를 끌끌 찼다.

"내가 맨날 이 집 물건을 살긴데, 니가 이래 융통성이 없으니 아직

장가도 못 갔지."

멸치 씨는 얼굴이 붉어졌다. 할 수 없이 상어 아저씨는 고등어 두 마리를 더 얹어 주었다. 할매는 생선 상자를 머리에 이고 시장으로 향했다.

"저 할매 맨날 반 상자만 사 가면서 얼마나 떼를 쓰는지, 복어 할배가 별명을 반뚱가리 할매라 지었다 아이가. 근데 인자 우리 집에 맨날 사러 올 모양이네."

멸치 씨는 더 이상 바다를 그리워하지 않았다. 그런 그가 어쩐지 서운했다.

어둑어둑한 길을 혼자 걸었다. 이젠 육지가 무섭지는 않았다. 지금 내 마음이 고양이인지 고등어의 마음인지 혼란스러웠다.

"엄마야!"

누가 펄쩍 뛰는데 보니, 쥐가 뽀르르 도망을 친다. 나는 발톱을 세우고 달려들었다. 도망을 치려는 녀석을 쫓아가 하수구 틈으로 들어가기 전에 녀석을 물었다.

"와! 깜이 최고야! 쥐 잡는 고양이 최고!"

송이였다. 내가 최고의 고양이라고? 물었던 쥐를 저만치 던져버렸다. 점점 고등어인 나를 잊어버리고 고양이가 되어가는 것 같다. 덜컥 겁이 나서 하늘을 올려다보았다. 달이 절반이나 사라졌다. 다시 보름이 될 때까지 난 바다로 돌아가야 한다.

"깜이야, 따라 와."

송이는 폴짝거리며 뛰다가 멈춰 서서 숨을 내쉬었다. 나도 모르게 송이를 따라가고 있었다. 좁은 골목을 따라 고불고불하게 들어가더니 쇠 대문을 열었다. 삐이걱 하는 문소리에 안쪽에서 반똥가리 할매의 목소리가 비집고 나왔다.

"송이가? 와 이래 늦게 오노?"

송이는 현관 옆의 좁고 어두운 안쪽을 손가락으로 가리켰다.

"저 안에 가서 앉아 있어. 사료 좀 얻어 온 게 있거든."

벽 사이로 좁은 길을 따라가니 물건이 몇 가지 쌓인 창고가 나왔다. 잠시 후에 송이가 작은 접시에 사료를 담아 왔다.

"겨울까진 여기서 지내도 돼."

나를 고양이로 만들어버린 걸 생각하면 송이를 가만둘 수가 없다. 그런데도 나는 그 자리에 엎드렸다. 고양이 깜이의 몸에 익숙해지는 것일까. 슬며시 잠이 오려다가 벌떡 일어났다.

누렁 할머니! 아침에도 몸이 아파 잠시 나갔다가 상가 지하로 돌아온 할머니였다. 나는 얼른 일어나 상가 지하로 달려갔다.

"할머니! 누렁 할머니!"

누렁 할머니는 없었다. 냉동창고 옆을 구석구석 살폈지만 보이지 않았다. 바닷가로 나가 보았다. 선창의 등대 끝까지 달려가 보았다. 빡빡이네 가게 앞의 선창가에 누렁 할머니가 엎드려 있었다.

"할머니!"

누렁 할머니는 고개만 슬쩍 들고 나를 보다 곧 고개를 내려놓았다. 쓰러지듯이 누운 할머니는 며칠 사이에 몸도 홀쭉해졌다.

"할머니, 여기 있지 말고 상가 지하로 가세요. 아니, 거기보다 더 편한 곳이 있어요. 저를 따라오세요."

그러나 누렁 할머니는 힘없이 눈을 깜빡였다.

"깜이야. 나는, 이제, 다, 되었나 보다."

누렁 할머니는 고개도 들지 못하고 가르랑거렸다. 숨을 쉴 때마다 약하게 오르내리는 배의 움직임도 불규칙했다.

"깜이야."

얼굴을 비스듬히 바닥에 눕힌 채 할머니가 나를 불렀다.

나는 할머니와 눈을 맞추었다.

"얼마 전부터, 넌, 깜이가 아닌 것 같아. 나를 따르던 예전의 깜이가 아니라 처음엔 좀 서운했지."

눈빛이 내 속을 들여다보고 있었다. 깜이가 누렁 할머니를 엄마처럼 따랐었구나.

"그래도, 지금 깜이가, 더 멋지다. 쥐도 잡고."

누렁 할머니는 숨을 거칠게 몰아쉬었다. 할머니가 정말 죽을지 모른다는 생각이 들었다. 나의 모든 것을 누렁 할머니에겐 털어놓고 싶었다.

"할머니, 사실은 난 깜이가 아니에요. 난 원래 고등어였는데 뭔가 잘못되어 고양이 깜이가 되어 버린 거예요. 할머니한테 물어볼 게 있어요. 누렁 할머니는 아직도 사람이 좋아요?"

누렁 할머니는 반쯤 감긴 눈으로 나를 바라보았다.

"나는 사람이 싫어서 이곳으로 왔어요. 그런데 지금은 잘 모르겠어요."

그때였다. 바람 한 줄기가 코끝에 와 닿는 느낌이 서늘했다. 잔잔하던 물결 위로 파도가 일어났다. 나는 발딱 일어나 선창 끝에 섰다. 숭어가 높이 뛰었다.

-용왕님의 병환이 깊어졌다. 빨리 사람을 데리고 돌아와라-

숭어 두 마리가 번갈아 뛰어올랐다. 나는 다급하게 물어보았다.

물속에 들어가도 사람은 죽지 않나요? 저는 다시 고등어로 변할 수 있지요?

초롱아귀의 목소리처럼 서늘한 물방울을 날리며 대답했다.

-사람의 영혼은 죽지 않지, 너 역시 죽지 않아-

저에게 정말 사람의 마음을 유인할 능력이 있는 건가요?

-용기를 잃지 마라, 고드기야, 너만이 이 일을 할 수 있단다-

숭어들은 멀리 사라졌다. 파도는 잔잔해지고 물 위로 달빛이 떨어졌다.

나만이 이 일을 할 수 있다. 꾸물거리던 뱃속이 차분하게 가라앉았다.

"할머니, 좀 전에 숭어가 말하는 거 할머니는 못 들었지요?"

나는 누렁 할머니를 흔들었다. 얼굴을 핥아보았다. 조금씩 오르내리던 배가 조용했다. 할머니는 파도 소리를 따라 조용히 눈을 감았다. 눈물이 났다. 엄마 아빠가 사람에게 잡혀가 버렸을 때만큼은 아니지만, 깜이가 좋아한 늙은 고양이 때문에 울었다.

다음 날 아침까지 나는 누렁 할머니 옆에 엎드려 있었다. 새벽 장이 서지 않는 날인지 조용하기만 했다.

"깜이야!"

송이가 달려오다 멈춰 서서 숨을 할딱거렸다. 뛰지 말라고 잔소리를 하는 반똥가리 할매의 모습도 보였다. 나는 슬며시 일어나 앉았다.

"깜이야, 왜 그래?"

나는 누렁 할머니를 바라보았다. 반똥가리 할매가 누렁 할머니의 몸을 흔들어 보았다.

"아이구, 이 고양이가 죽었는갑다."

반똥가리 할매는 내 머리를 쓰다듬었다.

"깜이 눈에 눈물이 맺혔다야! 밤새 옆을 지킨는갑네."

반똥가리 할매는 끙, 하고 누렁 할머니를 안아 올렸다.

"너거 학교 가는 길에 언덕배기 있제? 거기 묻어 주자."

송이와 나는 반똥가리 할매 뒤를 터덜터덜 따라갔다. 시장통을 벗어나 길을 건너 작은 언덕이 있었다.

학교 뒷동산 소나무 아래 누렁 할머니를 묻었다. 반똥가리 할매는

흙 묻은 두 손을 모으고 중얼거렸다.

"몸은 땅속에 묻히도 마음은 어시장 바닷가서 더 놀다가 가라."

송이가 눈을 깜빡이며 물었다.

"고양이도 마음이 있어요?"

반똥가리 할매가 고개를 끄덕이자 송이는 나를 안으며 말했다.

"누렁 고양이가 죽어서 깜이가 외롭겠다. 우리 집에서 같이 지내면 괜찮을 거야. 근데 깜이 마음엔 뭐가 있을까?"

9. 다시 만난 명태 장관

"자, 저기 등대까지 달리기다. 천천히, 알지?"

학교에 갔다 오면 송이는 꼭 나를 데리고 바다로 와서 달리기를 하자고 했다.

"송이야! 니 깜이 델꼬 가서 키운다며? 너거 할매가 우째 허락하시 더노, 그 성격에."

빡빡이가 아는 척을 했다. 송이가 나를 키우는 게 아니라 내가 송 이네 집에 살아주는 거다.

"깜이가 말을 잘 듣거든요, 히힛!"

송이는 내 머리를 쓱쓱 문지르고는 달릴 자세를 취했다.

"자, 출발!"

송이는 두 팔을 흔들며 뛰기 시작했다. 나는 천천히 달렸다. 송이 는 절반쯤 달리다가 숨을 몰아쉰다. 달리기를 이렇게 못하니 매일 연 습을 하려는가 보다. 그래도 며칠 전보다는 덜 할딱거린다. 등대 앞에 와서 멸치 씨를 만났다.

"깜이야!"

멸치 씨가 내 머리를 쓰다듬으려고 했지만 나는 송이 뒤에 숨어버렸다.

"송이네 집에 산다더니 깜이가 송이만 좋아하나 봐."

멸치 씨는 서운한 표정이 아니라 자신만만하게 웃었다.

"아저씨, 이제 공부는 안 하세요?"

"아니, 집에 가서 해."

멸치 씨가 들고 다니던 두꺼운 책이 생각났다. 멸치 씨는 오토바이에 올라탔다. 냉동창고 쪽으로 쌩하니 달려가는 아저씨의 어깨가 쭉 펴져 있었다.

"자, 우리는 다시 뛰는 거다."

너나 잘 뛰어.

"야옹!"

"아휴, 말도 알아듣고!"

내 온몸을 벅벅 문지르며 송이는 까르르 웃었다. 절반쯤 뛰었는데, 반뚱가리 할매가 나타났다.

"송이야! 고만 좀 뛰라."

엉덩이를 실룩거리며 달려와 송이의 등을 때린다.

"뛰면 숨 차는데 머한다고 뛰노?"

"자꾸 뛰어야 튼튼해져요."

"그러다가 또 아프모 우짤라꼬? 뛰지 마라."

시장에서 칼질을 제일 잘하는 칼판 아줌마 가게를 지날 때였다.

"고드기야…."

희미한 소리가 들려 털이 쭈뼛 섰다. 고드기. 분명 내 이름을 부르고 있었다.

"고드기야. 이리 와!"

얼마 만에 듣는 내 이름인가. 게다가 그 목소리가 귀에 익었다. 나는 칼판 아줌마 가게 앞으로 다가갔다. 아줌마의 칼질 소리가 들려왔다. 어시장에서 장어 껍질을 가장 잘 벗기고 칼질의 속도가 제일 빠른 아줌마였다.

횟집 수족관에는 생선들이 빡빡하게 헤엄을 치고, 바닥에 놓인 커다란 통에는 오징어와 조개가 따로 놓였는데, 그 위쪽에 작은 통이 있었다.

"고드기야."

작은 통에서 나를 부르는 소리가 났다. 동그란 통 안에 명태 몇 마리가 있었다. 그중 덩치가 큰 명태가 바로 용궁의 명태 장관이었다.

장관님!

아빠 엄마가 장군이던 시절 유난히 친했던 명태였다. 옆에 있는 명태들은 이미 죽은 것 같고 명태 장관만이 아직 살아 있었다.

"숭어 대신 너를 만나러 나와서

이렇게 되고 말았구나."

장관님! 제가 구해 드릴게요.

나는 통에 앞발을 넣어 명태의 몸을 잡으려고 했다.

"야! 이놈의 고양이가!"

칼판 아줌마가 칼을 들고 쫓아왔다. 나는 앞발로 명태 장군의 몸을 통의 벽에 붙여 끌어올렸다.

"이놈이!"

아줌마의 발이 내 옆구리를 찼다. 그 바람에 명태 장군이 땅바닥에 떨어졌다. 송이와 할매가 쫓아왔다. 칼판 아줌마가 칼을 치켜들고 소리쳤다.

"이놈의 고양이가 남의 생선을! 아이구, 이 명태가 어떤 명태인데!"

반똥가리 할매가 나를 죽일 듯이 노려보더니 바닥에 떨어진 명태를 주워 올렸다.

"이놈은 억수로 귀한 생물 명태인데. 뭐, 별로 흠은 안 났다."

칼판 아줌마가 더 큰소리를 쳤다.

"맞지예? 대구만큼 큰 명태가 물이 좋아서 비싸게 주고 산 건데, 저놈의 망할 고양이가."

아줌마가 송이에게 안긴 나를 칠 듯이 손을 뻗자 송이는 얼른 할매 뒤에 숨었다.

"할매는 뭐 한다고 저 시커먼 놈을 키워줍니꺼?"

그러자 할매가 맞장구를 쳤다.

"송이가 키우고 싶다 해서 할 수 없이! 우짜겠노, 이 명태는 내가 살게. 우리 송이나 끓여주지."

그러자 칼판 아줌마의 목소리가 좀 누그러졌다.

결국 명태 장관은 시커먼 비닐봉지에 담겨 송이네 집으로 함께 왔다.

"깜이 저놈이 미쳤나? 싱싱한 명태를 보더마는 제정신이 아니네!"

오는 동안 할매는 나 때문에 비싼 명태를 산 것을 내내 원통해 했다. 대문에 들어섰다. 할매가 명태 장관으로 국을 끓이도록 내버려 둘 수는 없었다. 현관문을 열며 할매가 검은 봉지를 송이에게 맡겼다. 그 순간, 나는 비닐봉지를 입으로 낚아챘다.

"어머나!"

송이가 놀라는 사이 나는 명태가 든 비닐봉지를 문 채 잽싸게 도망쳤다. 부둣가의 계단 아래쪽, 바닷물이 찰랑거리는 곳에 명태 장관을 내려놓았다.

장관님, 정신 차리세요.

"고드기야. 장하구나."

명태 장관의 아가미가 크게 숨을 쉬기 시작했다.

장하기는요. 제가 시커먼 고양이가 되어 있어서 놀라셨죠? 용왕님은요?

"용왕님의 병세가 심각해지고 있어. 지금 동쪽 바다의 오염 문제로 용궁에서 할 일이 많은데, 용왕님의 병세가 심각해 중요한 일을 처

리하지 못하고 있단다."

빨리 돌아갈게요. 보름달이 뜰 때까지 꼭 갈 거니까 걱정 말고 빨리 돌아가 치료를 받으세요.

나는 명태의 몸을 바다로 밀어 보내려고 했다.

"그런데 고드기야…."

예, 장군님!

"너를 육지로 보내놓고 나서야 삼치 박사에게 들었는데, 네가 다시 고등어로 돌아갈 수 있는지는 정확하게 모른단다."

털이 쭈뼛 섰다. 분명히 초롱아귀가 물에 들어오면 고등어로 변하게 해 준다고 했는데.

"너를 육지로 보내기 위해 그리 약속했지만, 한 번도 경험해보지 않은 일이라 알 수 없다는구나."

명태 장관은 나에게 그걸 알려주려고 온 걸까? 내가 겁이 나서 바다로 돌아가지 않으면 어쩌려고.

"초롱아귀의 거울을 통해 보니 넌 멋진 고양이가 되어가더구나. 나 혼자만의 생각인데… 너는 그냥 육지에서 고양이로 사는 것도 괜찮을지 몰라. 보름이 세 번 지나고 나면 너는 고등어였던 시절은 기억하지 못하게 될 거야."

그럼 용왕님은요?

"용왕님의 병도 중요하지만, 네가 잘못되는 걸 두고 볼 수는 없구나. 너에게는 너의 길이 있을지도 몰라. 그런데, 사람에 대한 복수심을 부추겨서 네게 어려운 일을 시킨 것이지. 어른인 내가 솔직하게 말해주기 위해 널 만나러 온 것이란다."

명태 장관의 목소리가 줄어들었다.

"네 부모의 생명을 앗아간 사람이지만, 어쩔 수 없는 일이기도 하단다. 사람이 물고기를 잡아먹는 것도 자연의 섭리란다."

장군은 힘이 더 빠지는 듯했다. 나는 명태 장군의 몸을 바다로 밀어주었다.

장군님, 감사해요. 그래도 저는 다시 용궁으로 돌아가겠어요. 돌아가신 엄마 아빠도 그걸 원하실 거예요.

송이네 집 대문을 들어서자 할매가 나에게 신발을 집어 던졌다.

"저놈이 도둑고양이 시절 하던 짓을 못 버리고! 그 명태를 니 혼자 먹고 왔나, 이 은혜도 모르는 놈아!"

허리에 신발을 정통으로 맞은 나는 다시 대문을 넘어갔다. 송이가 뛰어나왔다. 하늘엔 짙은 노을이 내렸다. 등대 밑에서 울고 있는 나를 송이가 와서 안아 주었다.

"괜찮아, 깜이야. 내 잘못이야. 넌 생선을 좋아하는데 내가 억지로 사료를 먹였나 봐. 명태는 맛있게 먹었니?"

송이는 파도 소리를 들으며 내 옆구리를 오랫동안 주물러 주었다.

10. 송이의 숨소리

나는 송이를 용궁으로 데려가기로 했다. 그런데 멀리시 직장에 다니던 송이 엄마가 온다고 했다. 나는 송이가 엄마를 만난 후 바다로 데려갈 수 있어서 다행이라고 생각했다. 그런데 반똥가리 할매는 딸이 온다는데 얼굴에 걱정이 가득했다.

명태 사건 이후 나만 보면 화를 내던 할매가 나를 보고도 시무룩했다.

"자, 묵어라! 송이는 오늘 저거 엄마한테 예쁘게 보일 거라고 목욕 갔다. 내 보고 니 밥 주라더라."

할매는 접시에 사료를 담아 주었다. 송이가 주는 양의 절반밖에 되지 않았다.

"또 수술을 해야 된다 하모 우짜노?"

나는 할매의 눈치를 보며 접시에 입을 가져갔다.

무슨 이야기인지 잘 몰라도 어쨌든 송이는 곧 내가 데려갈 테니 할매에게서 구박받을 일도 없을 것이다.

저녁밥 하는 냄새가 풍겨왔다. 밥이 익어가는 따스한 기운과 함께 생

선을 굽는 고소한 냄새가 났다. 명태 장관의 말이 떠올랐다. 사람이 생선을 먹는 것은 어쩔 수 없는 일이라고. 내가 치킨을 좋아하는 것처럼.

　대문 여는 소리가 크게 들렸다. 나는 발딱 일어나 대문 쪽으로 다가갔다.

　"엄마야?"

　우당탕거리며 송이가 뛰어나왔다. 대문을 들어선 사람은 멸치 씨였다.

　"아저씨! 이게 뭐예요?"

　멸치 씨는 자기 몸집보다 커다란 상자를 번쩍 들고 와 현관 안에 내려놓았다.

　"송이가 꽃게를 좋아한다고 해서, 막 들어온 게 있어서 한 상자 가져왔어요."

　"야, 아저씨 최고!"

　송이가 멸치 씨의 목을 얼싸안았다.

　"내 먹으라고 가져온 건 없나?"

　할매가 쏘아붙였다. 멸치 씨가 겸연쩍은 표정으로 머리를 긁적거릴 때 대문을 향해 다가오는 낯선 발소리가 들렸다. 몸집이 동글동글한 여자가 들어섰다.

　"엄마!"

　"송이야!"

　송이가 엄마의 허리를 안았다.

"저, 저는 그만 가보겠습니다."

멸치 씨가 인사를 했다.

"엄마, 내가 말한 냉동창고 아저씨야! 나랑 달리기 같이해 준. 깜이도 같이 달렸지만."

멸치 씨는 얼굴이 빨개져서는 황급히 인사를 하고 대문을 나가다 다리가 걸려 넘어질 뻔했다.

"저 애가 깜이야? 진짜 새까맣네."

송이 엄마가 나를 보고 웃는데, 웃는 모습이 송이와 닮았다. 나는 현관문 앞에 엎드렸다. 송이의 웃음소리와 송이 엄마의 목소리가 계속 들려왔다. 반똥가리 할매의 걸걸거리는 목소리마저 부드럽게 들렸다.

송이가 서울의 병원으로 검사를 받으러 간다고 했다. 큰일이다. 내 계획에 차질이 생길지 모른다.

"깜이야. 그동안 할머니랑 싸우지 말고 잘 있어. 수술을 하게 되면 좀 걸릴 거고, 안 하면 바로 올 거야."

보름달이 뜨기까지 며칠 남지 않았다. 빡빡이가 와서는 송이에게 서울 가서 맛난 거 사 먹으라고 돈을 주고 갔다. 송이가 엄마와 냉동 창고에 인사를 하러 갔더니 멸치 씨는 어쩐지 안절부절못하며 얼굴을 붉혔다. 그래도 송이가 잘 다녀오겠다고 인사를 하자 송이를 꼭 안아 주며 말했다.

"송이야. 수술 안 해도 된다고 하실 거야. 나도 오토바이를 잘 타잖아. 우리 송이 심장에도 새살이 돋았을 거야."

송이는 어릴 때부터 심장에 탈이 나서 수술을 몇 번이나 했다고 한다. 그래서 어찌 되었는지 검사를 해보고, 구멍이 아직 있으면 수술을 해야 한다는 것이었다. 송이는 나를 안아주고 엄마와 함께 차에 올랐다.

머릿속이 텅 빈 것 같았다. 나도 모르게 반똥가리 할매를 따라 걷고 있었다. 할매는 빡빡이네로 갔다.

"수술해야 된다 하모 우리 송이 우짜겠노?"

"걱정 마이소! 그라고 요새는 그 수술이 그래 힘든 수술도 아니라면서예."

빡빡이가 나를 보더니 고등어 머리를 하나 툭 던져 주었다. 나는 고개를 돌리고 할매 뒤로 숨었다.

"짜슥이요. 인자는 사료만 묵는다 이 말이가? 깜이라고 이름도 지어주고 생선 살 삶아 주고 한 기 누군 줄 아나? 우리 숙자다! 짜슥이!"

할매도 빡빡이도 말이 없었다. 먼 데 바다를 보며 생각에 잠긴 눈치다. 송이가 수술을 하지 않기를 나도 바랐다. 수술을 하지 않아야 보름달이 뜨기 전에 올 수 있기 때문이다.

다음 날, 할매는 어깨가 축 처지고 쪼그라들어 다른 사람의 반동가리밖에 안 되어 보였다. 한 이틀 사이에 머리는 더 하얘지고 늙어버렸다. 나는 가만히 있지 못하고 바닷가를 돌다가 쥐를 두 마리나 잡았다.

현관 앞에 엎드려 있는데 안에서 할매 소리가 터져 나왔다.

"수술 안 해도 된다꼬? 아이구 다행이다! 아하하하!"

우당탕거리더니 현관문을 벌컥 열고 할매가 내 옆구리를 쳤다.

윽! 이 할매가 걸핏하면 남의 옆구리를!

"깜이야! 우리 송이, 좋아져서 수술 안 해도 된단다. 내일 온단다!"

그래요? 정말요?

"야옹야옹!"

"깜이 니도 좋제?"

할매가 나를 안아 주었다. 옆에 오기만 해도 털이 날린다고 안아 준 적이 없는 할매였다.

다음 날 아침 장사를 일찍 마치고 온 할매는 부엌에서 달그락거리며 고소하고 짭짤한 냄새를 풍겨댔다. 대문 밖을 몇 번이나 내다보면서,

"좀 비키라."

하고 내 옆구리를 툭툭 차면서 지나쳤다.

골목을 타박거리며 달려오는 소리가 들렸다. 송이의 발걸음 소리라는 걸 단박에 알았다. 나는 대문 앞으로 달려갔다.

"깜이야!"

송이가 나를 안아 올렸다.

"니는 할매보다 그놈이 더 좋나!"

할매가 현관문을 열고 나오는 소리가 들떠 있었다.

"할머니이! 의사 선생님이, 다 나았대요!"

할매가 송이를 끌어안았다.

"아이고, 내 새끼. 그동안 제대로 한번 뛰어보지도 못하고."

할매는 말끝에 눈물을 닦으며 코를 훌쩍거렸다.

"엄마가 고생 많았어요."

송이 엄마가 반똥가리 할매의 팔을 다정스럽게 잡았다. 할매가 딸을 바라보았다.

"니가 고생했지. 송이 수술시키고 직장 다니느라고."

"엄마가 송이 다 키웠잖아요. 들어가요. 맛있는 냄새 나네."

송이는 나를 현관 앞에 내려놓고 웃었다. 잠시 후에 송이가 보따리 하나를 들고 다시 나왔다.

"깜이야. 빡빡이네 아저씨한테 갔다 오자."

할매가 따라 나와 조용히 말했다.

"송이야. 오는 길에 상어네 들러서 냉동창고 아저씨 아직 퇴근 안 했으모 같이 저녁 먹자 해라."

할머니가 준 보자기에 맛있는 게 들었나 보다. 부둣가를 걸으며 송이가 말했다.

"깜이야, 네가 나랑 자주 달려 줘서 내 심장이 튼튼해졌나 봐."

송이는 빠르게 걷다가 내 머리를 쓱쓱 문질렀다.

"내 소원이 마음껏 달려보는 거야. 난 체육 시간에는 언제나 혼자 앉아 있었거든. 이제는 달려도 되는 거야! 우리 같이 달리자."

"송이야!"

빡빡이 아저씨가 문을 닫고 있다가 송이를 보고 큰소리로 외쳤다.

"아저씨, 할머니가 잡채랑 닭찜 아저씨 갖다 드리랬어요.

"고맙다! 냄새가 좋네. 니 수술 안 해도 된다 해서 할매가 좋아하제?"

"네!"

송이는 혀를 쏙 빼물어 보이고는 온 길을 되돌아 냉동창고로 향했다.

"자, 우리 등대까지 달려 볼까? 깜이는 달리기 선수니까 천천히 뛰어."

송이가 가느다란 다리를 힘차게 앞으로 옮겼다. 엄마가 서울에서 사 줬다는 바다색 원피스가 바람에 날렸다. 흔들리는 치맛자락이 가는 파도처럼 넘실거렸다. 파도를 따라 일렁이는 송이. 한 번도 마음껏 달려본 적이 없다는 송이가 이제 소원을 이루었는데… 나는 파도에 휩쓸린 것처럼 제대로 달릴 수 없었다.

"학학! 내가 이겼다! 자, 아저씨 퇴근하기 전에 빨리 가자."

멸치 씨는 막 쇠문을 내리고 있는 참이었다. 송이는 멸치 씨와 수다를 떨며 앞서 걸었고 나는 그 뒤를 따랐다. 쥐가 한 마리 쪼르르 지나갔지만 잡지 않았다. 어차피 난 사흘 후면 더 이상 고양이가 아니다.

송이 엄마가 문을 열어 주었다. 멸치 씨는 쑥스러운 듯 안경을 자꾸만 밀어 올렸다.

문이 닫히고 나는 현관 앞에 엎드렸다. 송이가 수술을 하지 않아도 된다고 사람들이 좋아서 술렁이고 있다. 이제 송이가 마음껏 달릴 수 있는데 내가 사람들의 기쁨을 꺾게 될 것이다.

"너무 들떠서 좋아했더만 머리가 아프다. 바람 좀 쐬어야겠다."

반똥가리 할매가 문을 슬며시 열었다. 손에는 사료가 담긴 접시가 있었다. 내 앞에 접시를 내려놓으며 할매는 잠시 휘청거렸다.

"니도 배고프제?"

안에서는 송이의 목소리가 가볍게 뛰어다녔다. 송이 엄마의 목소리는 헤엄치는 물고기의 등같이 매끈하고 멸치 씨의 목소리는 바닷속 미역처럼 잔잔하게 흔들렸다. 할매는 현관 앞 계단에 엉덩이를 내려놓았다. 하늘을 올려다보며 가느다랗게 한숨을 내쉬었다.

"보름이 얼마 안 남았는갑다, 깜이야."

11. 한평생을 바다 곁에서

바다가 나를 불렀다.

물결이 끊임없이 밀려오며 내게 말을 했다. 빨리 사람을 데려오라는 것이었다. 문득, 명태 장군이 한 말이 떠올랐다. 내가 물에 들어가면 다시 고등어로 변할 수 없을지 모른다고 했다.

그냥 고양이로 살까? 사람들이 나를 보고 어시장 최고의 고양이라고 하잖아. 세 번째 보름이 지나고 나면 고등어로 살던 시절은 다 잊어버리게 될지도 몰라.

하지만 용왕님을 생각하면 돌아가야 했다. 자신을 닮은 사람과 진실한 대화를 나누고 싶은 그 마음을 이해할 수 있었다.

보름달의 한쪽 뺨이 유난히 뽀얗게 보였다. 송이와 나는 부둣가를 달린 후 등대 밑에 앉았다. 선착장 맨 끝에 걸터앉아 송이의 두 다리는 바닷물 위에서 흔들거렸다. 엉덩이를 앞으로 밀기만 하면 물 쪽으로 들어가는 것이다.

나는 보름달의 기운을 한참 동안 들여 마셨다. 온몸이 달의 기운에 흠뻑 젖었다는 생각이 들 무렵, 송이를 불렀다.

송이야.

송이가 나를 쳐다보았다. 내 눈을 들여다보는 송이의 눈이 커다랗게 반짝거렸다.

송이야. 이제 우린 같이 바다로 갈 시간이야.

"깜이야, 네가 지금 나한테 말을 했어? 바다로 가자고."

정신을 집중해서 송이의 눈빛을 빨아들였다.

송이야. 너는 사람들이 못 가 본 세상을 달려보고 싶지 않니?

송이는 내 눈을 깊이 들여다보았다. 멀리 바닷속에서 뿔고동 소리가 들려왔다. 용궁에서 누군가가 나를 마중하러 오는 것인지도 몰랐다.

"그럼, 집은? 할머니는? 엄마는?"

송이가 바다로 간 후 할매와 엄마가 보고 싶어 병이 나면 어쩌지? 나는 고개를 저었다.

너는 바다에서 온 아이야. 그래서 그동안 잘 뛰지 못했던 거야. 이제 바다로 돌아가서 마음껏 헤엄치자. 세상 그 누구도 달릴 수 없는 곳을 네가 달리는 거지. 나랑 함께 가자.

할매는 송이 때문에 몸져눕고 송이 엄마는 병이 나겠지? 솟아오르는 걱정들을 억지로 눌렀다.

"정말 마음대로 달릴 수 있어?"

그럼, 다른 사람은 그런 세상이 있는지 몰라.

"깜이야. 정말 너랑 같이 가는 거야?"

송이의 눈빛이 나를 믿고 있었다. 그 눈빛이 이상하게 내 가슴을

콕콕 찔렀다. 나는 흔들리려는 마음을 다잡고 온 정신을 모아 말했다.

그래, 우리 바닷속으로 가는 거야.

송이가 자리에서 일어났다. 물결이 더 깊은 울림을 만들며 노래하듯 말했다.

송이야 빨리 오렴 빨리 오렴.

나는 고양이로 살았던 부두를 돌아보았다. 내가 만난 사람들과도 이젠 작별할 시간이다. 모두 안녕!

그런데 저 멀리 등대로 달려오는 사람이 있었다. 반똥가리 할매였다. 할매는 한 손을 내저으며 다급히 달려오는데 송이를 붙들려는 것처럼 보였다. 더 우물쭈물하다가는 할매가 송이를 잡을 것이다.

송이야, 뛰자.

"그래, 깜이야. 같이 가자."

송이가 다리에 힘을 주는 순간, 할매가 길에 푹 엎어졌다. 나는 가슴이 꽉 막혀 숨을 쉴 수가 없었다. 할매는 엎어진 채 일어나지 않았다.

"모두 안녕!"

송이가 두 팔을 활짝 벌리고 다리에 힘을 준 순간, 나는 송이의 가슴으로 뛰어올랐다.

안 돼, 송이야!

나는 힘껏 송이를 뒤로 밀었다. 송이는 넘어져 엉덩방아를 찧었다.

할머니! 할머니!

나는 반똥가리 할매를 향해 달렸다. 할매는 고개를 겨우 들어 이

쪽을 쳐다보고는 다시 고개를 떨어뜨렸다.

"할머니!"

송이가 달려와 할머니를 흔들고, 누군가가 달려왔다.

"송이야. 할머니 왜 그러시니? 정신 차리세요!"

내 마음에서 무언가 뜨거운 것이 녹아내리고 있었다. 달을 올려다보았다. 녹은 달이 나를 덮치려는 듯 하얀 기운을 내뿜고 있었다.

반똥가리 할매는 급히 병원에 실려 갔다. 다행히 몇 시간 후 할매는 멸치 씨와 송이 엄마의 부축을 받으며 집으로 돌아왔다.

"큰 병은 아닐 거라는데 기운 차리시고 나면 병원에 가 검사를 받아야겠어요. 우리 송이 때문에 신경을 많이 써서 기력이 떨어졌나 봐요."

현관문이 훤히 열려 있었다. 멸치 씨는 마루에 엉거주춤하게 서 있었다.

"송이 할머니, 괜찮으세요?"

"괜찮다. 병원은 뭐 한다고 가노?"

"엄마, 그만하기 다행이에요."

나는 현관 앞에 엎드려 있다가 밖으로 나갔다. 파도가 부르는 소리가 멀리서도 들렸다. 선창으로 나갔더니 파도가 높게 일고 있었다.

-고드기야, 빨리 아이를 데리고 오너라. 용왕님이 위독하시다-

파도의 목소리가 다급하게 들렸다.

내가 송이를 왜 말렸을까?

아무리 생각해도 송이를 데리고 갈 수는 없다. 이제야 맘껏 달릴 수 있는 아이다. 송이를 엄마와 할머니에게서 떼어 놓는 것은 못 할 일이다.

하얀 보름달에 그늘이 번졌다. 달이 지고 나면 바다로 돌아가지 못하고 고양이로 살아야 할까? 육지에서 그대로 살아도 될까?

파도가 선창에 부딪치자 차가운 물방울이 튀었다. 나는 한참 동안 파도를 맞으며 생각했다. 엄마 아빠는 내가 용궁의 군인답게 살기를 원하실 거다. 용궁에서 부여한 임무를 완수하지 못한 벌을 받아야 하겠지. 그것보다 더 걱정인 것은 용왕님의 병을 고칠 수 없는 것이다.

벌떡 일어났다. 용왕님의 병은 사람과 대화를 나누고 싶은 마음에서 시작된 거야. 나는 이제 사람처럼 대화를 할 수 있고, 용궁에서 사람의 마음에 대해 나보다 더 아는 사람은 없어.

바다는 쉴 새 없이 파도를 보내 나를 불렀다. 나는 마음을 굳혔다, 혼자 바다로 돌아가기로. 난 비록 사람은 아니지만 용왕님의 대화상대가 되어 용왕님의 외로움을 풀어줄 것이다.

건너편 횟집 거리를 돌아보았다. 석 달 동안 고양이 깜이로 살았던 세상. 이제는 작별을 해야 한다. 송이네 집에 가서 마지막 인사를 하고 달이 지기 전에 돌아가기로 했다.

현관문이 열려 있었다. 도란거리는 사람의 말소리는 다정스럽다. 슬며시 현관 안으로 들어갔다.

"엄마, 정말 아저씨 오토바이가 바다 위를 날았다니까."

"송이야, 그 이야기는 그만해라."

멸치 씨가 송이를 말리고, 송이 엄마는 사과를 깎고 있다.

"엄마, 과일 드실래요?"

송이 엄마가 문이 열려 있는 방안을 보고 말했다.

그때였다. 방에서 반똥가리 할매가 나왔다. 그런데 할매가 좀 이상했다. 할매의 모양이 희끄무레하고 미끄러지듯이 소리 없이 움직였다.

"엄마, 주무세요?"

송이 엄마가 방안을 보고 한 번 더 말했다. 반똥가리 할매는 천천히 다가가 송이 엄마의 얼굴을 어루만졌다. 그런데 송이 엄마는 그것을 느끼지 못하는 것 같았다. 방문이 열려진 방안을 보고 한 번 더 할매를 불렀다. 할매는 이번에는 송이의 얼굴을 두 손으로 어루만졌다. 송이가 슬쩍 일어나 방 앞에 서서

"할머니."

하고 부르더니 빙긋 웃었다.

"엄마, 할머니 돌아누운 채 잠이 드셨나 봐."

"병원에 다녀오시느라 피곤하셨나 보다. 송이야, 문 닫아드려라. 주무시게."

송이가 조용히 방문을 닫았다. 할매는 그런 송이를 가만히 바라보고 섰는데, 아무도 할매를 알아보지 못했다. 뭔가가 이상하다.

"저도 이만 가보겠습니다."

멸치 씨가 머리를 긁적이며 엉거주춤 일어나는데 송이가 팔을 잡

아당겼다.

"아저씨, 좀 더 놀다 가세요."

멸치 씨는 송이 엄마를 슬쩍 보고 다시 주저앉았다. 반똥가리 할매는 뒷짐을 지고 서서 그런 멸치 씨를 가만히 바라보았다. 그리고는 천천히 몸을 돌려 내 쪽으로 왔다.

할머니!

내가 빤히 쳐다보자 할매가 몸을 굽혀 나를 내려다보았다.

"니는 내가 보이나?"

할매는 뒤를 돌아 세 사람이 도란거리는 모습을 바라보았다. 입가의 주름이 깊어지며 할매는 천천히 웃었다.

"모두 잘 있어라."

할매는 그림자처럼 소리 없이 돌아섰다.

할머니!

나는 할머니를 따라 나갔다. 할머니가 고개를 갸우뚱했다.

"니는 내가 보이나? 고양이는 영물이라더만 내가 보이는가 보네."

다른 사람이 왜 할머니를 못 보는 거지요?

"몸은 방에 누웠고, 니가 보는 건 내 영혼이다."

영혼?

"이 몸은 이제 한평생 다 살고 세상을 떠나는 기라."

그럼, 그럼, 할머니는 죽었단 말인가요?

"그래, 내 몸은 죽었고 영혼만 살아 있다. 작별 인사를 하고 나모 영혼도 세상을 떠나야지."

할매가 죽었다고 한다. 나는 할매의 영혼을 보고 있는 것이다. 할매의 몸은 지금 방 안에 있다.

나는 할매의 뒤를 따라 걸었다. 할매는 바닷가 빡빡이네로 향했다. 빡빡이네 가게는 문이 닫혀 있었다. 할매가 죽었다니, 할매의 영혼이라니….

그때였다. 누군가가 또각또각 발자국 소리를 내며 빡빡이네 가게 쪽으로 왔다. 어두워서 얼굴은 잘 보이지 않았다. 키가 작고 머리를 묶고 손에 커다란 가방을 든 여자였다. 여자는 할매를 스쳐지나 문이 닫힌 빡빡이네 가게 앞에 우두커니 서 있었다.

"저기, 숙자 아니가?"

할매가 나를 보고 말했다. 눈이 휘둥그레졌던 할매의 얼굴이 활짝 펴졌다.

"하이고, 숙자가 돌아왔네, 빡빡이 좋겠다."

숙자. 나는 아줌마의 뒷모습을 바라보았다. 새끼 고양이에게 깜이라는 이름을 지어주고 생선살을 익혀서 주었다는 그 숙자 아줌마.

세상과 이별 중인 것이 반뚱가리 할매만이 아니었다. 나 역시 육지와 이별하기 전에 숙자 아줌마를 보아서 좋았다.

할매는 바다를 따라 천천히 걸었다.

"참, 징글징글한 바다인데 한평생을 바다 곁에서 살았네."

할머니는 바다가 싫으세요?

"싫지. 내 아부지도 남편도 배를 타고 나가 바다서 죽었지. 바다가 내 모든 걸 앗아가서 쳐다보기 싫었는데…."

왜 죽었는데요?

"왜 죽기는. 배 타러 나갔다가 파도에 휩쓸린 기지."

나는 깜짝 놀랐다. 바다에 있는 생명들을 빼앗아 가는 게 사람인 줄만 알았는데 사람도 바다에서 목숨을 잃는구나.

"우째 바다 옆에서 평생을 살았는지 모르겠다."

하지만 바다를 바라보는 할머니의 표정은 온화했다. 그립고 아쉬운 것을 바다에 고이 내려놓고 있었다.

12. 바다로 간 깜이

파도가 잠잠해졌다. 잔잔하게 들려오는 물결 소리 사이로 뿔고동이 길게 울었다. 용궁에서 나를 재촉하는 것이다.

할머니, 나도 이제 바다로 가야 해요.

반뚱가리 할매를 쳐다보고 솔직하게 말했다. 할매가 쪼그리고 앉아 고개를 갸웃거렸다.

"니가 바다로 간다고?"

저는 원래 바다에 사는 고등어였어요. 특별한 일이 있어 잠시 고양이로 살았는데 이제 다시 바다로 돌아갈 시간이에요.

"진짜가? 나는 니가 참 멋진 고양이라고 생각했는데."

저는 용궁을 지키는 고등어 호위대장이랍니다.

어쩌면 나는 이미 고양이가 되어 있는지도 몰랐다. 고양이 깜이의 기억들이 하나둘 살아나 고등어보다 고양이에 가까울 수도 있다. 사람을 좋아하게 된 것도 순전히 고양이 깜이 때문일 거다.

"고등어? 어시장에서 흔해 빠진 게 고등어인데, 맨날 사람한테 먹히는 고등어인데. 그 고등어가 사람하고 이래 이야기를 나눌 수도 있구나!"

반똥가리 할매는, 사람을 데리러 나왔다가 사람의 마음을 닮아가는 내 속을 들여다보는 듯 말했다.

숙자 아줌마를 그리워하는 빡빡이 아저씨, 오토바이를 타고 바다를 건너고 싶었던 멸치 씨. 바닷속에서도 달려보고 싶은 송이. 나는 그들의 마음을 완전히 지배하진 못했다. 사람의 마음은 그렇게 가질 수 있는 것이 아니다.

할매는 환하게 웃으며 나를 바라보았다. 마치 내가 무슨 생각을 하는지 다 아는 듯한 표정을 지었다.

"징글징글한 바닷가서 사는 덕분에 그래도 외롭지 않아서 좋았다."

할매는 송이를 바라볼 때처럼 편안하게 어두운 바다를 보았다. 바다가 징글징글하기는커녕 바닷속으로 가보고 싶은 사람 같았다.

순간, 나도 모르게 말했다.

할머니, 저랑 같이 용궁에 가실래요?

나는 사람의 영혼을 가지러 왔다. 할매는 몸은 죽었지만 영혼은 살아있다. 할매를 바다로 데리고 간다고 해서 송이에게 슬픔을 주는 것도 아니다. 어차피 할매는 육지에서의 삶이 끝난 사람이니까.

"내가 용궁으로 갈 수 있나?"

할머니, 저는 육지에 사람의 영혼을 가지러 왔어요. 할머니가 용궁에 가면 용궁에서도 좋아할 거예요. 용궁에 사람과 이야기를 하고 싶어 하는 분이 계시거든요.

할매는 내 눈을 뚫어지게 바라보았다. 달빛이 할매의 주름진 얼굴
을 환하게 펴고 있었다.

"누가 사람하고 이야기를 하고 싶단 말이고?"

엄마가 돌아가신 후 슬픔에 잠긴 용왕님이세요.

"용왕님?"

할매는 대답 없이 다시 동네를 돌아보았다. 빡빡이네 가게와 횟집 골목, 냉동창고, 그리고 송이가 있는 쪽을 한참 바라보았다.

"송이야. 나는 이제 간다. 내 죽었다고 슬퍼할 거 없다. 살 만큼 살고 니 덕분에 웃고 즐겁게 살다 간다."

그리고 다시 나를 돌아보는데 할매의 주름에 쌓여 있던 근심들이 다 사라진 표정이었다.

"깜이야. 가보자. 혹시 아나? 죽은 내 아부지하고 남편이 바다 속에서 물고기로 살고 있을지."

할머니!

나는 할매의 품으로 깡충 뛰어올랐다. 달빛이 바다를 길게 비추며 용궁으로 향한 길을 밝혀 주었다.

부아아앙!

뿔고동 소리가 울렸다.

할머니, 지금 용궁에서 저를 부르고 있어요. 함께 가요!

할매가 나를 꼭 안았다. 그리고는 가볍게 솟아오르는가 싶더니 물속에 풍덩 빠졌다.

나는 할매의 품을 이끌고 헤엄치기 시작했다. 고양이의 몸이지만 고등어처럼 빠르게 헤엄칠 수 있었다. 한 손으로는 할매를 꼭 붙들었다. 할매는 눈을 크게 뜨고 주위를 둘러보았다.

처음에는 아무것도 보이지 않았지만 뿔고동 소리가 더 크게 들리자 눈앞이 환해졌다. 할머니, 걱정 마세요.

"물속에서도 숨을 쉴 수 있네. 내 아부지랑 남편도 이런 재주가 있었으면 어딘가 살고 있을지도 모르겠다."

물이 나를 잡아당겼다. 몸에서 힘을 빼자 물길을 따라 스르르 빨려 들어가기 시작했다. 눈앞에 물고기들이 오가고 미역과 산호들이 매끄럽게 스쳐 지나갔다. 그리고 저 멀리서 보랏빛 물고기가 다가오는 것이 보였다.

초롱아귀였다.

아귀님!

몸이 납작하게 달라붙고 울퉁불퉁한 얼굴이 무섭기만 하던 초롱아귀가 환하게 웃고 있었다.

"용궁에 오신 걸 환영합니다!

할매를 보고 초롱아귀가 공손하게 인사했다.

"고드기야! 사람을 데리고 돌아왔구나!"

초롱아귀가 나를 안아주는 순간, 짜릿한 기운이 온몸에 퍼져나갔다. 몸이 미끄러워지는가 싶더니 고양이 깜이의 새까만 털이 녹듯이 사라지고 고등어로 변했다.

몸속에서 회오리가 일어난 것 같았다. 거센 물결에 휘말린 듯 정

신이 아득하다. 속이 울렁거리고 머릿속에서 알 수 없는 장면들이 획 획 지나갔다.

"금세 미끈한 고등어로 변했네!"

귀에 익은 목소리가 정신을 차리게 만들었다. 반똥가리 할매였다.

그런데, 할매가 커다랗고 못생긴 물고기 위에 앉아 나를 보고 웃고 있다.

"니가 고등어 맞았네!"

헉! 반똥가리 할매가 노망이 들었나, 나를 보고 고등어라니. 깜짝 놀라 껑충 뛰는데, 내 몸이 파닥거리면서 통통 튄다. 앞발을 내려다보았다.

으악! 내 다리가 없어!

윤기 나는 검은 털이 없고, 길쭉하고 푸르딩딩하고 미끄러운, 조그만 지느러미가 달린 고등어가 되어 있었다!

나를 한입에 삼킬 것처럼 무시무시하게 생긴 아귀가 큰 입을 벌려 웃으며 말했다.

"그럼요! 남해 용궁 최고의 고등어 고드기랍니다."

아귀랑 반똥가리 할매가 짜고서 무슨 이야기를 꾸며대는지 모르겠다.

아냐! 아냐! 난 어시장 최고의 고양이 깜이라구!

"하이구, 그 자슥 되게도 좋은갑네. 고등어로 돌아와서! 고만 날뛰고 고등어 대장답게 좀 의젓하게 굴어봐라!"

간도 큰 반똥가리 할매는 무섭게 생긴 아귀를 타고 나를 앞질러 갔다. 그때 저쪽에서 머리에 번쩍이는 불가사리를 붙인 물고기가 빠르게 다가왔다. 보아하니 어시장에서 자주 보던 명태였다.

“고드기야!”

명태는 다짜고짜로 나를 끌어안았다.

“돌아와서 기쁘구나, 고드기야. 장하다!”

고드기가 아니라 깜이라구요!

순간, 빡빡이와 숙자 아줌마, 안경잡이 멸치 씨, 그리고 송이가 떠올랐다. 그런데 어쩐 일이지? 그들이 멀리서 나에게 잘 가라고 손짓을 하고 있었다.

명태는 나에게 큰 소리로 계속 뭐라고 떠들어댄다. 내가 용궁에 돌아가면 장군이 될 거란다. 요즘 용궁에서 고양이가 필요한가? 명태는 내 손을 잡아끌고 빠르게 헤엄쳐 갔다. 앞서가는 할매의 흰 머리카락이 검게 변해 물결 속으로 날리고 있었다.

나는 고등어가 아니라 고양이 깜이라구!

반똥가리 할매는 뭐가 좋은지 키득거리며 돌아보지도 않는다. 은은한 물살이 내 몸을 쓸어주자 등에서 새파란 기운이 뻗쳐나가는 게 느껴졌다. 멀리서 고등어 떼가 와 하고 달려온다.

긴장할 것 없어! 난 어시장 최고의 고양이 깜이라구!

나는 최대한 우아하게 걸어, 아니 최대한 빠르게 헤엄쳐 나아갔다.

바다로 간 깜이

ⓒ 2019, 김문주·김진영

글	김문주
그림	김진영
초판 1쇄 발행	2019년 11월 05일
2쇄 발행	2020년 06월 30일
펴낸곳	호밀밭
펴낸이	장현정
편집	박정오
디자인	최효선
마케팅	최문섭
등록	2008년 11월 12일(제338-2008-6호)
주소	부산 수영구 광안해변로 294번길 24 지하1층 생각하는 바다
전화	070-7701-4675
팩스	0505-510-4675
이메일	homilbooks@naver.com

Published in Korea by Homilbat Publishing Co, Busan.
Registration No. 338-2008-6.
First press export edition November, 2019.

Author Kim Mun Ju, Kim Jin Young
ISBN 979-11-967748-8-2   43810

이 도서의 국립중앙도서관 출판예정도서목록(CIP)은 서지정보유통지원시스템 홈페이지(http://seoji.nl.go.kr)와 국가자료공동목록시스템(http://www.nl.go.kr/kolisnet)에서 이용하실 수 있습니다. (CIP제어번호: CIP2019043496)